狄更斯的圣诞故事

圣诞颂歌

[英] 查尔斯·狄更斯 著

刘凯芳 译

人民文学出版社

一个圣诞节的精灵故事

第一节
马利的鬼魂

　　首先要说的是，马利不在人世了。这是毫无疑问的事情。在他下葬时签字登记的有牧师、教堂执事、丧事承办人和职业送葬人。斯克鲁奇也签了字。在交易所里，无论斯克鲁奇想要干什么事情，他这个名字总是有人买账的。老马利就像门上钉的大头钉那样死得实实的[①]。

　　听着！我并不是说，就我所知，门上的大头钉有什么特别死的地方。我倒是觉得，在铁作行业当中，跟死最为接近的还是棺材钉。不过我们的祖先用这个比喻自有道理，我去妄加评论，未免有失恭敬，那样一来我们这个国家不就完蛋了？因此，请诸位还是容我再说一遍，马利就像门上钉的大头钉那样死得实实的。

　　斯克鲁奇知不知道他死了呢？他当然知道。他怎么会不知道呢？斯克鲁奇同他合伙不知有多少个年头了。斯克鲁奇是马利指定的唯一的遗嘱执行人，是他唯一的遗产管理人，是他唯一的受让人，是他唯一的余产承受人，是他唯一的朋友，是唯一送他下葬的人。斯克鲁奇是个精明的生意人，他并没有为这件伤心事悲痛得忘乎所以，就在朋友下葬的那天，他还狠狠砍了价，为葬礼省下一笔钱。

　　提到马利的葬礼，又使我回到开头说的事。马利死了，这是一点问题都没有的。这一点必须交代清楚，要不然，我要讲的故事也就没有什么稀奇的了。假使我们对哈姆雷特的父亲在全剧开始之前就不在

[①] 英语中 dead as a doornail 意为"确实无疑地死掉了"。

1

人世这一点还心存疑惑，那么，他夜里在自己的城堡上现形，在东风中漫步，也就没有什么奇怪的了——那就同某个中年绅士心血来潮，在夜间跑到某个风飕飕的地方，比如说圣保罗大教堂的墓地，只是为了吓一吓他那个胆小的儿子一样，没有什么大不了的。

斯克鲁奇一直没有把老马利的名字涂掉。多年以来，库房上方依然还是那几个字：斯克鲁奇与马利。商行的名字就叫"斯克鲁奇与马利"。新干他这一行的人有时候叫他斯克鲁奇，有时候叫他马利，对这两个名字，他一概回应。这对他来说是一码事。

噢！斯克鲁奇，这可是个一毛不拔的家伙啊！这个贪得无厌的老恶棍，敲骨吸髓，巧取豪夺，搜刮成性。像一块又尖又硬的打火石，但没有钢刀能在它上面打出慷慨的火花来；他就像牡蛎一样行事诡秘，沉默寡言，独来独往。内心的冷酷使他的老脸冷若冰霜，鼻尖塌了，面颊皱巴巴的，走起路来又直又僵；他双眼发红，薄嘴唇发青；说起话来精于算计，声音刺耳难听。他的头发、眉毛和毛茸茸的下巴上全蒙了一层白霜。他无论走到哪里，身上都会发出一阵寒气来，在大热天也使办公室冰冷冰冷，到了圣诞节，也丝毫没有暖和一点儿。

外界的冷热对斯克鲁奇几乎没有什么影响。天气再热，也不会使他热乎起来，冬天到了，他也不觉得冷。没有哪阵风比他更加尖厉，没有哪场雪比他更加固执，没有哪场豪雨比他更加不近人情。坏天气对他简直毫无办法。最大的雨、雪、冰雹和霰子只有在一个方面算是可以胜过他，那就是它们常痛痛快快地"付出来"，而斯克鲁奇从来不会这样。

从来没有哪个人当街拦住他，眉开眼笑地招呼他说：

"你好啊，亲爱的斯克鲁奇，什么时候来我家玩啊？"没有哪个乞丐求他施舍一个子儿，没有哪个小孩儿向他打听时间，斯克鲁奇这么大岁数了，从来没有哪个男人或女子向他问过路。就连盲人的狗仿佛都认识他；那些狗一看见他走近，就会拉着主人躲进门廊，走到院子里，摇着尾巴，仿佛是在说："见不到光明的主人啊，没有眼睛总比刻毒的眼睛强！"

不过，斯克鲁奇又有什么可在乎的呢？他就是喜欢这样。侧着身子躲开熙熙攘攘的人生之路，把人世间所有的同情心赶得远远的，熟悉的人都知道，这正是斯克鲁奇求之不得的开心事。

话说从前有一天——恰恰是一年当中的圣诞节前夕——老斯克鲁奇坐在他的账房里忙着。天气寒冷刺骨，再加上雾气弥漫，他可以听见外头院子里的人哈着气走来走去，一面用手拍着胸脯，在铺石板的路上跺脚取暖。伦敦城①里的钟刚刚敲了三点，但是天已经很黑了——这一整天一直暗暗的——邻近办公室

---

① 指伦敦旧城，一向是商业和金融中心。

的窗户里烛光闪烁，就像是给这仿佛触摸得到的棕色空气涂抹上一点红晕。雾气从每个缝隙和钥匙孔里钻进来，外面的雾气浓得要命，尽管院子狭得不能再狭，对面的房子还是一片朦胧。看到昏暗的云低垂下来，遮盖住了所有的一切，你很可能想到大自然就在一边酝酿着一场气候的巨变。

斯克鲁奇账房的门开着，这样他就可以时刻监视那个办事员，办事员在外面他房间里抄写信件，那个房间又小又暗，简直就像个柜子。斯克鲁奇账房里生了很小的炉火，办事员房间里的炉火就更小，看起来简直就像只有一块煤。他没法多加煤，因为斯克鲁奇把煤箱放在自己房里，要是办事员拿着煤铲进来，东家肯定会叫他另谋高就。正因如此，办事员便围上了白羊毛围巾，并且还想靠烛光暖和暖和，这个人一向没有多少点子，他那样做自然没有什么用处。

"舅舅，圣诞快乐呀！上帝保佑您！"有人兴高采烈地叫他。说这话的是斯克鲁奇的外甥，他动作够快的，话音刚落，人已经站在他面前了。

"呸！"斯克鲁奇说，"胡扯淡！"

斯克鲁奇这个外甥，是在大雾中冒着严寒快步赶来的，只见他浑身暖烘烘的直冒热气，他的面孔红彤彤的，很是英俊；他双眼闪闪发亮，嘴里往外呵着白气。

"舅舅，圣诞节是胡扯淡？"斯克鲁奇的外甥说，"我有数，您不是这个意思。"

"就是这个意思。"斯克鲁奇说，"圣诞快乐！你有什么权利好快乐？有什么理由好快乐？你够穷的了。"

"哎，哎，"外甥兴致勃勃地说，"您有什么权利闷闷不乐？有什么理由垂头丧气？您够有钱的了。"

斯克鲁奇一时想不出更好的回答来，便又"呸！"了一声，接着又加了声"胡扯淡！"

"别生气呀，舅舅！"外甥说。

"我怎么能够不生气？"他舅舅回答，"这个世界上全是些傻瓜。圣诞快乐！去他的圣诞快乐！圣诞节是什么呀？一到圣诞节，你没钱但还得付账，一到圣诞节，你又老了一岁，却一个子儿也没有多进账，一到圣诞节，你一结账却发现十二个月里每一笔账都赚不到什么钱，不是吗？要是依我的主意，"斯克鲁奇怒气冲冲地说，"那些四处乱跑嚷嚷'圣诞快乐'的蠢材，个个都该放到自己的布丁里一块儿去煮一煮，再用一根冬青树枝插在他们心门口，埋到土里去。就该这样。"

"舅舅！"外甥恳求说。

"外甥！"舅舅板着面孔回答说，"你照你的样子过圣诞节，我照我的样子过节。"

"过节！"斯克鲁奇的外甥跟着说，"可是您不过节呀。"

"那么，你就随我不过节吧。"斯克鲁奇说，"祝你

过节大有收获！你一向获益匪浅的吧。"

"我敢说，有许多事情我或许是可以从其中获益的，但是我并没有得到好处，"外甥回答，"圣诞节也是其中之一。但是，撇开与圣诞节有关的其他东西不算，单就它的名字和起源也会使人肃然起敬呀。每当圣诞节来临时，我都觉得这是个很好的日子；是个充满爱心和宽恕，与人为善的快乐的日子；就我所知，在长长的一年中，只有这个时候，男男女女仿佛都会不约而同地自由敞开紧闭的心扉，再也不将地位比自己低下的人看成是走在另一条道上的异类，而把他们看成是和自己一起走向坟墓的同伴儿。因此，舅舅，虽然圣诞节从来没有让我的口袋里多上一丝一毫的金银，我还是相信它已经使我获益匪浅，而且还会使我继续获益；我要说，愿上帝保佑它！"

"柜子"里的办事员不由自主地喝了声彩。不过他立刻就意识到这样做很不妥当，于是他去拨了拨火，把最后残存的一个火星弄熄了。

"你要是再出一点儿声音的话，"斯克鲁奇说，"那你就卷铺盖去过你

的圣诞节吧。你呢，先生，很会讲话呀，"他又接着对外甥说，"真奇怪，你干吗没有去当议员呢？"

"别生气呀，舅舅，这样，明天到我那儿吃饭吧。"

斯克鲁奇说他还不如……对，他确实是这样想的。他把整句话说了出来，那就是与其去他家，他还不如先去见鬼呢。

"这是干吗呢？"斯克鲁奇的外甥嚷道，"干吗呀？"

"你干吗成家呢？"斯克鲁奇说。

"这是因为我恋爱了呀。"

"因为你恋爱了！"斯克鲁奇恶声恶气地说，仿佛这世界上就这一件事情比圣诞快乐更加荒唐了，"你走吧！"

"不，舅舅，可是我成家之前，您也从没有来看过我呀。干吗现在以此为借口，不上我家门来呢？"

"你走吧。"斯克鲁奇说。

"我并不想要您什么东西。我对您没有什么要求；我们怎么就不能好好相处呢？"

"你走吧。"

"您这么不肯通融，我心里真的很难过。您同我争吵，从来都不是我挑起的。我只是为了庆贺圣诞节才来试一试的，我还是要把过节的心情保持到底。因此，舅舅，祝您圣诞快乐！"

"去吧！"斯克鲁奇说。

"还向您恭贺新年！"

"去吧！"斯克鲁奇说。

尽管如此，外甥还是心平气和地走了出去。他在外边的门口向办事员祝贺圣诞，办事员尽管身上冷，但却比斯克鲁奇热情得多；他也满面笑容地祝对方圣诞快乐。

"办事员这个家伙，"斯克鲁奇听到他们的对话，低声咕哝说，"一个礼拜才挣十五个先令，老婆孩子一大堆，还说什么圣诞快乐。真叫我快要发疯了。"

那个疯子让斯克鲁奇的外甥出去后，又放了另外两个人进来。这是两位大块头绅士，相貌挺讨人喜欢。他们脱下帽子，站在斯克鲁奇的办公室里，手上拿着账本和文件，朝他鞠躬致意。

"这里是斯克鲁奇与马利商行吧，"其中一位绅士望着名册说，"请问怎么称呼您，是斯克鲁奇先生呢，还是马利先生？"

"马利先生已经去世七年了，"斯克鲁奇回答，"他就是七年前今天夜里去世的。"

"他想必乐善好施，您这位合伙人无疑也同他一模一样。"那位绅士边说边拿出证件交给他看。

确实如此，因为他们俩性子一模一样。斯克鲁奇一听到"乐善好施"这个晦气的字眼，便皱起眉头，摇了摇头，把证件还给对方。

"斯克鲁奇先生，在佳节将临之际，"那位绅士拿起笔说，"最有意义的，莫过于对眼下生活极其困难的分文不名的穷人，略微施舍点钱财了。成千上万的人缺衣少食，连温饱都谈不上呀，先生。"

"监狱难道没有了吗？"斯克鲁奇问。

"监狱有的是。"那位绅士说，又把笔放下来。

"还有联合济贫院①呢？"斯克鲁奇又问，"济贫院还开不开门？"

"开门。还开着呢，"那位绅士说，"我倒巴不得能让它们关门大吉呢。"

"那么，踏车和贫民救济法②是不是有效呢？"斯克鲁奇说。

"都忙得要命呢，先生。"

"哦，听你开头的话，我还担心出了什么事情，让它们运转不灵了呢，"斯克鲁奇说，"听了你后面的话我很高兴。"

"我们几个人觉得，那些机构几乎都无法向成千上万的人提供符合基督教义的帮助，使他们身心愉快，"那位绅士说，"因此准备募一笔钱，好给穷人买些酒和肉，还有一些御寒的衣物。我们挑选了这个时候，因为一年到头，只有在这个时节，穷人日子最难过，富人又最开心快活。您捐多少？我给您写下来。"

"别写！"斯克鲁奇回答。

"您是要匿名捐款吗？"

"我希望你们别来啰唆，"斯克鲁奇说，"二位，既然你们问我想要什么，那么，我的回答就是这样。我不过什么圣诞节，我也没钱让那些懒虫过节。刚才提到的那些机构，我都出了钱——出得够多的了，没钱的人应该到那些地方去。"

"有许多人没法去；还有许多人宁死也不肯去。"

"如果他们宁可死的话，"斯克鲁奇说，"那他们就去死好了，人口过剩，这样还可以少几张嘴巴吃饭呢。何况——对不起——这些事情我一概不懂。"

"不过您是可以弄清楚的。"那位绅士说。

"这与我不相干，"斯克鲁奇回答说，"一个人弄清自己这一行的事就够了，不要去多管闲事。我自己手头忙得要命呢。再见了，二位！"

那两位明白再多说下去也是白搭，便走了。斯克鲁奇又干起自己的事儿来，心里十分得意，情绪比平时好了许多。

这时候，雾更加浓，天色更加阴晦了，引路的人③拿着亮闪闪的火把跑来跑去揽生意，走在马车前面带路。教堂古老的钟楼里有一口声音低沉的老钟，平时总是透过墙上哥特式④的窗户，朝下偷偷窥视斯克鲁奇，这会儿钟楼已经看不见了，报时的钟声从云雾中传来，响过之后余音袅袅，仿佛脑袋在上面冻僵了，牙齿直在打战。寒气越来越凛冽。大街上院子角落里，有几个工人在修煤气管，他们在火盆里生了旺旺的一堆火，一群衣衫褴褛的大人小孩围在四周，兴高采烈地烘手，

---

① 联合济贫院由教区联合设置以救济穷人，条件很差，贫民不愿意去。
② 踏车，古代用来惩罚囚犯。贫民救济法是议会通过的法案。
③ 指手执火把为人引路以获取报酬的人。
④ 哥特式建筑流行于十二至十六世纪，带有尖拱。

对火苗眨眼睛。水龙头在一边没人理睬，溢出的水突然冻住了，变成了令人难以亲近的冰块。商店里灯火通明，把过路人苍白的面孔映得红扑扑的；橱窗里灯火很热，照得里面冬青枝条和小红果都快裂开了。说来好笑，卖鸡鸭的和卖杂货的这两种行当出足了风头，生意好得要命，没有讨价还价和降价出售的余地，常见的这类做买卖的手段根本行不通。市长大人待在那个固若金汤的神气的府邸里发号施令，吩咐五十名厨师和男仆好好张罗，按照市长家的派头过节；就连上星期一因为喝醉酒在街上打架滋事而被罚款五先令的小裁缝，也在小阁楼里搅拌着明天要做的布丁，他那个瘦老婆呢，抱着娃娃出去买牛肉了。

雾越来越浓，天越来越冷！寒气袭来，无孔不入，冷得刺骨。当年圣邓斯坦①要是用这样的天气，而不是他常用的武器来夹住魔鬼鼻子的话，魔鬼拼命大吼大嚷，倒是情有可原的了。寒气咬啮着一个孩子的小小的鼻子，就像是狗啃骨头一样，这个孩子把鼻尖凑到了斯克鲁奇大门的钥匙孔上，唱起圣诞赞歌来：

快乐的先生，愿上帝保佑您，
祝您万事如意！

一听到这声音，斯克鲁奇就怒气冲冲地一把抓起尺子，吓得那位歌手拔腿就跑了，飘进钥匙孔里的只剩下浓雾，还有斯克鲁奇求之不得的寒气。

账房关门的时间终于到了。斯克鲁奇满腹怨恨地从凳子上爬下来，默不作声地向早在小房间里盼下班的办事员示意他可以走了。办事员忙不迭地掐灭蜡烛，戴上帽子。

"那么，你明天一整天都不来了吧？"斯克鲁奇说。

"先生，那不会有什么不方便吧？"

"不方便，"斯克鲁奇说，"而且也不公平。假如为了这个缘故，我扣掉你半个克朗②的工钱，我断定，你一定会叫屈吧？"

办事员勉强笑了笑。

"可是，"斯克鲁奇说，"你不来上班，我还要付一天的工钱，你倒不觉得我有什么委屈。"

办事员说一年到头也难得就这么一次。

"每年十二月二十五号，掏人一次口袋，这个借口实在不高明呀！"斯克鲁奇把大衣扣到下巴口，"看起来非得放你一整天假不可了。别忘了，后天早点儿来上班。"

办事员答应后天早点儿来；斯克鲁奇气鼓鼓地咕噜了一声，走出门去。办公室立即就关上了门，办事员的白色羊毛围巾的两头长长垂在腰下面（因为他买不起大衣），为了庆祝圣诞夜，他跟在一群小孩儿后面，沿着康希尔大街结冰路往下滑行了总有二十次，然后尽快往坎

① 圣邓斯坦（909？—988），坎特伯雷大主教，曾为出色的金匠，因此被尊为金银珠宝匠的保护神。据说他曾在家乡用烧得通红的火钳夹住魔鬼的鼻子，迫使魔鬼求饶，承诺不再来诱惑他。
② 英国硬币，值五先令，现已不使用。

顿①的家里赶，好回去同孩子玩捉迷藏。

斯克鲁奇在他经常去的那家冷冷清清的小酒店里，冷冷清清地吃了晚饭；接着把所有的报纸看了一遍，晚上剩下来的时间便用来把银行存折算了算，之后便回家睡觉去。他住的房子原先属于他的老搭档。这套住房阴森森的，位于大院尽头一幢阴沉沉的建筑之内，这幢建筑同周围环境完全不相配，使人不禁会想象它谅必是在年轻时同其他房子捉迷藏，到了这儿之后找不到路回去而留下来了。房子年份够长、够阴郁的了；就只有斯克鲁奇一个人住在里面，其他的房间都租出去当办公室用了。院子里很暗，尽管斯克鲁奇对这里每一块石头都很熟悉，他还得用手摸索才找得着路。房子古老黑暗的门道里雾气很浓，寒气逼人，仿佛气候之神坐在门槛上在满心哀伤地沉思一样。

说真的，门上那个门环除了非常大之外，根本没有什么特别之处。还有一件事也是真的，那就是自从斯克鲁奇住到这里来以后，他每天早晚都会看见门环；此外呢，斯克鲁奇这个人的想象力根本算不上丰富，这一点和伦敦城里所有的人，甚至包括——我们可以斗胆说一句——市政当局、高级市政官和同业公会会员一样。我们还得记住，自那天下午提到他的合伙人已经死了七年之后，他再也没有想到过马利这个人。那么，下面这件事就怪了——要是有哪位能够解释的话，我倒是很愿意领教——就在斯克鲁奇把钥匙插进锁孔时，他突然发现门环不在了，那地方出现的是马利的面孔，它究竟是怎么变出来的，没人看见。

马利的面孔。它不像院子里别的东西那样，笼罩在深深的暗影之中，而是发出一圈惨淡的亮光，就像是黑暗的地窖里腐烂的龙虾一样。那张面孔并不生气，也不凶恶，只是像马利往常那样望着斯克鲁奇：那副若隐若现的眼镜戴在他若隐若现的额头上。头发古怪地飘动，仿佛有人在呼气或者有热风吹拂；那双眼睛虽然睁得大大的，但却定定地一动不动。这种神情，再加上青灰的脸色，看起来十分可怕；不过最可怕之处倒不是某种表情，而是这张脸本身完全控制不住的。

斯克鲁奇再定睛把这怪东西看了看，发现它又成了门环。

要是说他并没有吓了一大跳，或者说他浑身血脉里没有涌起一阵他从未体验过的恐怖感，那是假话。不过，他的手还是抓住了方才松开的钥匙，坚定地转了转，走进房间，点起了蜡烛。

在他关上房门之前，他确实停住脚步，犹豫了片刻；他确实小心翼翼地朝门背后望了一眼，仿佛是担心会看见马利的辫子戳到厅里来似的。不过，门背后除了固定门环的螺钉和螺栓之外，别的什么也没有，因此，他"呸！呸！"了两声，砰的一声把门关上。

关门声像打雷似的震得屋子里

① 当时伦敦的一个郊区，多住穷人。

嗡嗡直响。楼上每个房间，楼下酒商酒窖里的每个酒桶，似乎都各自发出一阵回声来。回声是吓不倒斯克鲁奇这样的人的。他闩上门，穿过大厅，走上楼梯，他走得很慢，边走边修剪烛心。

你或许会含含糊糊地谈到驾着六匹马拉的马车冲上一道好好的旧楼梯，或者冲破议会新近出笼的一个蹩脚法案；①不过我要说的是，你很可以让一辆枢车驶上那道楼梯，而且是横着上去，让支撑弹簧的横木对着墙壁，车门对着栏杆，一点儿也不用费劲。楼梯够宽的，空间大得很；也许就是这个原因，斯克鲁奇觉得自己面前出现了一辆机动的枢车，在幽暗的光线中往上驶去。外面街上五六盏煤气灯是没法把过道照亮的，斯克鲁奇手上只有一支蜡烛，可想而知，里面是很暗的。

斯克鲁奇对此毫不在意，走上楼去。黑暗不用花一个子儿，所以斯克鲁奇喜欢黑暗。不过，在他关上沉重的房门之前，他到各个房间里走了一遍，看看一切是否正常。方才那张面孔给他的印象太深，他要去查看一下才放心。

起居间，卧室，杂物间。一切如常。桌子底下没有人，沙发底下也没有人；壁炉里燃着小小一堆火；匙子和汤盆放得好好的；壁炉搁架上炖着一小锅燕麦粥（斯克鲁奇的脑袋着了凉）。床底下没有人；橱子里没有人；挂在墙上的晨衣的模样颇有些令人生疑，不过里面也没有藏人。杂物间也一如往常。里面有个旧炉栏，几双旧鞋子，两个鱼篓子，一个三条腿的脸盆架子和一根拨火棒。

他如释重负，便把门关起来，并且上了锁；他上了两道锁，平时他难得这样。这一来他就不怕有什么意外了，他解掉围巾；穿上晨衣和拖鞋，戴好了睡帽；坐在火炉前面吃起燕麦粥来。

炉火确实非常小；在这样一个寒气逼人的夜晚简直没有什么用处。他只好往炉子跟前挪了挪，身子俯在炉火上面，才算从那一点儿煤火上感到一丝暖意。壁炉很旧了，那还是多年之前某个荷兰商人建造的，壁炉四周铺着一些古怪的荷兰瓷砖，拼成一些圣经故事的图案。有成百个人物吸引他的注意，其中有该隐和亚伯，法老的女儿，示巴女王，驾着羽毛床一样的云朵从天而降的天使，亚伯拉罕，伯沙撒，②坐着黄油碟子般的小船出海的信徒；然而，死去七年的马利的面孔，就像古代先知的牧杖③一样，把别的东西全吞掉了。如果每块光滑的瓷砖原先一片空白，能够从他纷乱的思绪中选出一些片断来构成图画的话，那么，每块瓷砖上肯定都会印着老马利的脑袋。

"胡来！"斯克鲁奇说，往房间另一头走过去。

走了几个来回之后，他又坐了下来。他头往后仰，靠在椅子背上，

---

① "驾着四匹或六匹马的马车冲"是英语成语，指"找出漏洞以挫败立法或计划"等。

② 这些都是圣经中的人物。该隐和亚伯都是亚当的儿子，该隐因嫉妒杀死了亚伯。法老是古埃及的国王，示巴女王曾朝觐所罗门王以测其智慧，亚伯拉罕是希伯来人的始祖，伯沙撒是巴比伦的最后一位国王。

③ 见《圣经·出埃及记》，摩西和亚伦遵照神的旨意去见法老。亚伦把牧杖掷地变成蛇，法老召来术士也把他们的牧杖变成蛇，但亚伦的牧杖把别人的全吞掉了。

这时他的目光碰巧落在一只铃铛上，这只铃铛挂在房间里，已经不再使用了，原先它是用来同这幢楼最高层的一个房间联系的，究竟是为了什么目的呢，已经没有人记得了。看着看着，他发现这只铃铛渐渐摇晃起来，他大吃一惊，同时又感到一种莫名其妙的奇怪的恐惧。一开始，铃铛摇晃得很轻，几乎不出什么声音；一会儿，声音就大了起来，接着，这幢房子里别的铃铛也都响声大作。

铃声响了大概有半分钟，或者有一分钟，但仿佛就有一个钟头似的。铃声又像方才一齐作响那样，又一齐停了下来。接着就在下面深处响起了一阵喀喇喀喇的声音，就像有人在酒商地窖里的酒桶上拖着沉重的铁链一样。这时，斯克鲁奇想起听人说过，在闹鬼的屋子里鬼魂就是拖着铁链走路的。

地窖的门砰的一声打开了，接着楼下地板上的声音更加响了；这声音上了楼梯；然后径直朝他的房门走来。

"还是胡来！"斯克鲁奇说，"我才不信呢。"

可是，这东西脚步不停，它穿过沉重的房门，走进房间来到他的面前，他的脸色发了白。这东西一进门，快要熄灭的火苗往上一蹿，仿佛是在嚷嚷："我认识，这是马利的鬼魂！"随即火苗又落了下去。

还是那张脸，一点儿都没有变。马利梳着辫子，身穿他常穿的背心、紧身裤和靴子；他靴子上的穗子翘在那里，就像他的辫子、头发和他上衣的下摆一样。他拖的那根铁链缠在腰上。链子很长，像尾巴似的绕在他身上；斯克鲁奇观察得很仔细，链子是用钱箱、钥匙、挂锁、账本、契约文书和钢打的沉重的钱袋构成的。他的身体是透明的，斯克鲁奇看过去，眼光可以穿过他的背心，看到他上衣后头的两个扣子。

从前斯克鲁奇常听人说马利没有心肝，直到这时候，他才相信确有其事。

不，就连现在他还是不相信。尽管他朝这个幻象看了一遍又一遍，分明看见它站在自己面前；尽管他感到那双冰冷的死人眼睛寒气逼人，同时还注意到包住它的脑袋和下巴的帕子的质地（他以前从没有看见他包过这东西），他还是不相信，努力想要证明自己看错了。

"喂！"斯克鲁奇说，还像平时那样刻薄冷淡，"你找我有什么事情啊？"

"事情多着呢！"——毫无疑问，这是马利的声音。

"你是谁呀？"

"你该问我从前是谁。"

"那么，你从前是谁呀？"斯克鲁奇放大了嗓门，"你很讲究字眼呀，对一个鬼魂而言。"他原先打算要说"在某种程度上说"的，不过还是换了现在这句话，因为这样比较恰当些。

"我是雅可布·马利，当年同你合伙做生意的呀。"

"你能不能——能不能坐下来呢？"斯克鲁奇问，满心狐疑地望着他。

"能啊。"

"那就请坐吧。"

斯克鲁奇所以要问这个问题，是因为他不清楚通体如此透明的鬼魂是不是能够坐到椅子上去；他心想，要是它没法坐下身来的话，那就免不了要尴尬地解释一番了。不过鬼魂在火炉对面坐了下来，看来它对此是习以为常的。

"你不相信我说的话，是吗？"鬼魂问。

"不相信。"斯克鲁奇说。

"除掉你自己的感觉之外，你还要什么证据呢？"

"我也不知道。"斯克鲁奇说。

"你干吗不相信自己的感觉呢？"

"这是因为，"斯克鲁奇说，"感觉会受到一些小事的影响。只要胃有点不舒服，人的感觉就靠不住了。你或许只是一小口没有消化的牛肉，一撮芥末，一片奶酪，或者是一块没有煮熟的土豆。不管你是什么东西，你看起来更像是来自肉汤，而不是来自坟场！"

斯克鲁奇并不习惯开玩笑，当时，他根本没有什么心思来说笑打趣。真实情况是，他只是想装成精明的样子来打打岔，不让自己过分专注于目前，从而抑制内心的恐惧；因为鬼魂的声音使他毛骨悚然，怕得要命。

斯克鲁奇默不作声地坐在那里，直瞪瞪地望着那双目光呆滞一动不动的眼睛，一会儿之后，他觉得实在受不了了。而且，鬼魂身上自有一种来自阴曹地府的气息，这十分可怕。斯克鲁奇自己没法感觉出这一点，但这是明摆着的事；因为鬼魂虽然坐在那里一动不动，但它的头发、下摆和穗子都在不停地飘动，仿佛有个烤炉在吹热风似

的。

"你瞧见这根牙签了吧？"斯克鲁奇问，为了方才提到的原因，他很快又拾起话题争论起来；他巴不得能够借此岔开鬼魂冷冷地注视他的眼神，哪怕是一秒钟也好。

"瞧见了。"鬼魂回答。

"你并没有朝它看呀。"斯克鲁奇说。

"无论怎样，"鬼魂说，"我还是看见了。"

"好吧，"斯克鲁奇回答说，"我要是忍气吞声了这一次，我的后半生就会遭到一大群小妖精的骚扰，这都是我自己幻想出来的。胡来，你听着，全是胡来！"

听了这话，鬼魂发出一声可怕的叫喊，并且晃动身上的铁链，发出一阵阴森可怖的声音，斯克鲁奇吓得几乎晕倒，不得不紧紧抓住椅子，免得栽倒在地。不过，更加可怕的事还在后头，鬼魂仿佛是嫌屋子里太热似的，突然扯下裹在脑袋上的帕子，只见它的下巴一下子落到了胸口！

斯克鲁奇跪倒在地，握紧双手，遮住了脸。

"饶了我吧！"他说，"可怕的

幽灵啊，你干吗要来折磨我呢？"

"俗气的凡人啊！"鬼魂回答，"你现在还信不信我？"

"我信，"斯克鲁奇说，"我非信不可。可是，幽灵干吗要到尘世来，它们又干吗缠住我不放呢？"

"每一个人的灵魂，"鬼魂回答，"都应该走出躯体，来到同类之中，到各处漫游；要是一个人的灵魂在他生前不出去的话，那在死后就要受罚出去转悠。噢，我真倒霉啊！——我如今注定要走遍天涯，四处流浪，眼看世上美好的一切而无法消受，这些东西我本来是可以分享的到，过得快快乐乐的呀！"

鬼魂又大叫了一声，同时晃动铁链，扯动着若隐若现的双手。

"你戴着镣铐，"斯克鲁奇抖抖索索地说，"请问这是为什么呀？"

"我戴的锁链是我自己生前打造的，"鬼魂回答，"我一环又一环、一码又一码地把它打造起来；我心甘情愿地把它缠在身上，心甘情愿地戴着它。它的式样你觉得奇怪吗？"

斯克鲁奇抖得越发厉害了。

"你是不是想要知道，"鬼魂继续说，"你往自己身上套的那东西有多重多长呢？七年前的那个圣诞夜，它就足足和这根一样重一样长了。从那时以来，你又花了不少工夫在上头。现在你的那根链条已经无比沉重啦！"

斯克鲁奇把周围的地板看了一遍，看看自己是否被五六十法寻①的链条围绕着；可是什么也没有看到。

"雅可布！"他恳求说，"老雅可布·马利，再同我说说呀！同我说些话来安慰安慰我吧，雅可布！"

"我没法给你什么安慰，"鬼魂回答，"安慰来自别处，埃比尼泽·斯克鲁奇，由别的使者传递，带给其他种类的人。我也没法把我想要讲的话告诉你。准许我说的只剩下不多几句了。我不能休息，不能停留，什么地方都不能耽搁。我的灵魂当年从来没有跨出我们的账房一步——听着——在我生前，我的灵魂从来没有越出我们那个兑换钱币的小窗口的狭窄的范围；如今在我前面有让人精疲力竭的路要走。"

斯克鲁奇有个习惯，每当他考虑问题的时候，总要把双手插在裤子口袋里。这会儿他在回味鬼魂的话，便又这样做了，不过他眼睛还是没有抬起来，人也仍旧跪在地上。

"你动作一定很慢吧，雅可布。"斯克鲁奇以生意人那种郑重其事的态度说，不过带着几分谦和与敬重。

"慢！"鬼魂跟着说了一遍。

"死了七年啦，"斯克鲁奇自言自语说，"一直在各处来来去去吗？"

"一直如此，"鬼魂说，"不能休息，不得安宁。无时无刻不因追悔往事而备受熬煎。"

"你走得快吗？"斯克鲁奇说。

"乘着风儿来来去去。"鬼魂回答。

"七年当中你一定走过许多地方吧？"斯克鲁奇说。

鬼魂听到这句话，又大叫了一声，抖动铁链，在寂静的深夜，这喀啷喀啷的声音显得十分可怕，本地区的管理人完全有理由控告骚扰治安。

"噢，绑着绳索、上了重重的镣铐的囚犯啊，"鬼魂叫道，"竟然不知道不朽的神灵为这个世界日夜操

---

① 一法寻等于六英尺。

劳的时代一定会归入永恒，在世人充分认识他们得到的好处之前！竟然不知道任何在自己小天地内诚实劳动的具有基督精神的人，无论他干的是什么，他都会发现，人生苦短，根本无法让自己的生命发挥巨大的作用！竟然不知道，人生的机会一旦错失，就会追悔莫及，无法弥补！然而，我就是这样！啊，我就是这样！"

"不过，雅可布，当年在做生意这类正经事上，你一向是把好手啊。"斯克鲁奇结结巴巴地说，这会儿，他开始把这一点用到自己身上了。

"正经事！"鬼魂嚷道，又扭动起双手来，"人类才是我的正经事。公众的福利才是我的正经事；行善、宽恕、仁厚与慈爱才是我的正经事。我的正经事如同浩瀚的大海，而我那个行当的生意只不过是其中的一滴水而已。"

它伸直胳膊，举起锁链，仿佛它所有那些徒劳无益的悲伤，莫不来源于此，接着它又重重地把锁链扔到地上。

"一年年过去，每到这个时候，"鬼魂说，"我最痛苦了。我干吗要低垂眼帘穿过人群，却从不抬起双眼望着那颗把几位哲人引到一个穷人家的明星呢？①难道就没有星光可以指引我前去的贫苦家庭吗？"

斯克鲁奇听到鬼魂这样讲，心中极其惶恐，身上剧烈地发起抖来。

"听好啊！"鬼魂嚷道，"我的时间快要用完啦。"

"我听着呢，"斯克鲁奇说，"不过别对我太苛刻呀！雅可布，请你不要用华丽的辞藻呀！"

"我在你面前现形，你看得见我这个样子，这是怎么回事，我不便告诉你。不过，好多天里，我就坐在你身边，你却看不见我。"

想到有这么回事，真叫人不舒

服。斯克鲁奇打了个寒噤，抹去额头上的冷汗。

"在我忏悔赎罪的过程中，"鬼魂继续说，"这个部分很沉重。我今晚是来警告你，你还有一个机会和希望逃脱我的命运。这个机会和希望是我为你争来的，埃比尼泽。"

"你我一向就是好朋友，"斯克鲁奇说，"谢谢你！"

"会有三个精灵，"鬼魂继续说，"上你的门来。"

斯克鲁奇就像鬼魂方才那样，下巴耷拉下来。

"雅可布，这就是你提的机会和希望吗？"他问，声音哆哆嗦嗦的。

"是的。"

"我想——我想还是不要了吧。"斯克鲁奇说。

"他们要是不来，"鬼魂说，"你就没法不走我这条路。明天一点钟钟声敲响时，第一个精灵就会来，你等着吧。"

"能不能让他们三个一起来，一下子就了结掉呢，雅可布？"斯克鲁奇问。

"第二个会在后天同一个时辰

---

① 出自《圣经·新约·马太福音》，耶稣降生后，几位东方来的哲人在一颗星的指引下，来到耶稣降生的贫苦家庭。

来。第三个呢，是在后天半夜十二点钟声刚刚停下的时候出现。别指望再看见我；为了你自己的缘故，准备明后天的事吧，记住我们俩说的这些话！"

鬼魂说了这番话以后，便把帕子从桌上拿起来，像先前那样裹到了脑袋上。斯克鲁奇知道这一点，是因为他听到鬼魂的上下颚给绑到一起的时候，牙齿发出了咯吱咯吱的声音。他又壮着胆子抬起双眼，发现这位来自另一个世界的客人笔直地站在他面前，锁链缠绕在胳膊上。

鬼魂从他跟前往后退，每退一步，窗户就往上升起一点儿，等它退到窗前时，窗户已经洞开。鬼魂朝斯克鲁奇招手，要他过去，他照办了。等他们相距不到两步远时，马利的鬼魂举起一只手，叫他不要再靠近，斯克鲁奇停住了脚步。

他这样做，固然是出于服从，但更主要的是出于惊慌和恐惧；因为，就在鬼魂举起手的时候，斯克鲁奇忽然听到空中传来一阵阵乱哄哄的声音；断断续续的哀号和悔恨；哭声中包含了无法形容的悲痛和自责。鬼魂侧耳倾听了一会儿后，便也一起哀号起来；之后它便飞出窗户，飘到寒风刺骨的黑漆漆的夜空中。

好奇心使斯克鲁奇不顾一切了，他跟着走到窗前，朝外面望去。

天空中满是鬼影，只见它们一刻不停地赶来赶去，赶路的同时还在哀号。每一个鬼魂都像马利那样戴着锁链；有几个锁在了一起（它们大概是犯罪的政府官吏）；个个都上着镣铐。许多鬼魂生前是斯克鲁奇的熟人。有个身穿白背心的老鬼他特别熟，只见它脚踝上拴着一个奇大无比的铁保险箱，它伤心地哭着说，看见下面有个怀抱婴儿的穷苦女人坐在一家大门口，但却没法帮助她。这些鬼魂的苦恼显然是，它们很想能够插手在人间做些好事，但却永远做不到了。

这些鬼魂后来究竟是在迷雾中消失了呢，还是被浓雾重重遮掩住了，斯克鲁奇弄不清楚。不过鬼魂和它们的声音一起渐渐不见了；夜色又变得像他走回家时一样。

斯克鲁奇关上窗户，仔细把鬼魂进来的门观察了一遍。门上他亲手上的两道锁锁得好好的，门闩也没有人动过。他本想说一句"胡来！"可是一张嘴就闭上了。由于他情感起伏，或者由于一天下来很是疲乏，或者由于瞥见了冥冥中的世界的一角，或者由于同鬼魂那番枯燥无味的交谈，或者由于天时已晚，他急需好好休息了，总而言之，他衣服也没脱就上了床，而且马上就睡着了。

第二节
第一个精灵

斯克鲁奇醒来时，天黑得要命，他从床上望出去，几乎分不清哪里是透明的窗子，哪里是他卧室不透光的墙壁。他努力用他像雪貂一样锐利的眼睛透过黑暗看去，就在这时，邻近教堂的钟声响了，敲的是四刻。他注意倾听究竟是几点钟。

使他大为吃惊的是，沉重的钟声敲了六下，然后是第七下，接着又敲了第八下，就这么有条不紊地一直敲到十二下；然后就停住了。十二点！他上床那时候已经两点多了。钟不准。一定是冰凌掉到机件里面去了。十二点了！

那只钟真不像话，他按了按自己的打簧表的弹簧来对时。表飞快地打了十二下，然后停了下来。

"嘿，不会呀，"斯克鲁奇说，"我不可能睡了整整一天，又睡到第二天夜里呀。难道是太阳出了毛病，现在是中午十二点钟？不会吧。"

想到这一点，他大为紧张，于是便赶忙爬下床，一路摸索走到窗前。窗户上结了霜，他只好用晨衣的袖口把玻璃擦了擦，才能看得见外边，不过就这样也还是看不见多少东西。他能看到的只是，外边雾仍然很浓，天极其寒冷，并没有传来人跑来跑去的声音，一点也不闹，假如白昼被黑夜驱逐，一切全笼罩在夜色之中的话，外面肯定会人声鼎沸，十分混乱的。这使他大大松了口气，因为如果根本无法计算日子的话，那么"见此汇票第一联后请于三日内付款予埃比尼泽·斯克鲁奇或其指定人"等等一类票据就会变得像美国政府债券①一样了。

---

① 一八三七年，美国发生经济恐慌，财政混乱，政府发行的债券无法兑现，很不值钱。

斯克鲁奇又爬回床上去，他左思右想，想了又想，还是理不出头绪来。他越想越糊涂；他努力不让自己去多想，但越这样却越是要去想。

马利的鬼魂使他不得安生。每当他深思熟虑过后，做出结论说那不过是大梦一场时，他的思绪又回到了从前，就像是一根强有力的弹簧，一放手又弹回原来的位置一样，同样的问题又出现在他的心头，要他思考："这究竟是不是一场梦呢？"

斯克鲁奇就这样心神不宁地躺着，直到钟又敲了三刻钟，他突然想起，鬼魂跟他说过，钟敲一点的时候，会有精灵上门。他决心睁着眼睛，躺在床上等候这个时刻的到来；他就像没法进入天堂那样没法入睡，从这一点上说，他作出的这个决定倒不失为最高明的。

这一刻钟的时间很长，他不止一次相信自己无意中打起了瞌睡，没有听见敲钟的声音。他支起耳朵注意倾听，最后，钟声终于响了起来。

"叮，咚！"

"一刻钟。"斯克鲁奇数着。

"叮，咚！"

"半个钟头。"斯克鲁奇说。

"叮，咚！"

"还差一刻钟。"斯克鲁奇说。

"叮，咚！"

"整一个钟头到了，"斯克鲁奇得意扬扬地说，"啥事都没有！"

他这话是在报时的钟声响起之前说的，就在这时，钟"当"地响了一声，声音深沉滞重，空洞悲凉。顷刻之间，一道电光在房里闪过，他床上的帐子拉开了。

听我说，他床上的帐子是一只手拉开的。不是他脚头的帐子，也不是他背后的，而是他正对面的帐子。他床上的帐子给拉到了一边；斯克鲁奇吃了一惊，他半躺半卧地抬起身，发现和他劈面相对的正是拉开帐子的那个冥府来客的面孔，这张脸就在他的面孔旁边，近得像现在我跟你一样，我在精神上就站在你旁边呢。

这个精灵的样子很怪——它就像个小孩儿；不过，说它像小孩儿，还不如说它更加像老头儿合适，要是透过某个超自然的媒介来观察，你就会发现它仿佛在视线中越来越往后退，最后缩成像小孩儿那样大。它的头发披在脖子四周，垂到了背脊上，头发雪白，仿佛已经上了年纪；可是脸上却没有一丝皱纹，皮肤显得红润柔滑。它的胳膊很长，肌肉发达；双手也是如此，抓握起来一定力大无穷。它的腿脚跟上肢一样也赤裸着，但也有模有样，细细长长的。它身穿一件雪白的紧身短上衣，腰上束着一条亮闪闪的带子，带子上的光泽很是漂亮。它手上拿着一枝碧绿的冬青；奇怪的是，它的衣服上却用夏天的鲜花装饰着，与那个冬季的标志形成了对比。不过，它浑身上下最奇怪的是，从它的头顶心发出一道明亮的光芒，正是这道光使一切变得清晰可见；正因如此，在不需要太亮的时候，它便在头上罩一个大熄灯器，像是戴帽子一样，这会儿，它把熄灯器挟在胳肢窝底下。

不过，就在斯克鲁奇越来越定神朝它看去时，他发现还有比这一点更奇怪的事情。原来，它的腰带不住地闪烁着，腰带上各个部分，时明时暗，若隐若现，不停地变幻着；因此，它的形体也就时而清晰，时而模糊，不断变化；它一会儿看上去只有一条胳膊，一会儿只有一条腿，一会儿看上去有二十条腿，一会儿只有两条腿却没有脑袋，一会儿只有脑袋却没有躯体：在这种时候，消失的部分便完全融入到浓浓的黑暗之中，一点儿轮廓都看不出来。然而，不一会儿，它又会清清楚楚地显现出来，简直不可思议。

"先生，有人告诉我会有精灵来访，请问就是你吗？"斯克鲁奇问。

"就是我！"

那声音温柔亲切。低得有点儿怪，仿佛不是在他的身边，而是远远传过来似的。

"您是谁，您又是干什么的呢？"斯克鲁奇问。

"我是'过去的圣诞节的精灵'。"

"很遥远的过去吗？"斯克鲁奇望着它矮矮的身材，问道。

"不，是你的过去。"

不知怎的——要是有人问斯克鲁奇的话，他也答不出个所以然来——斯克鲁奇心中涌起一种特别的愿望，就是想看看精灵戴帽子的模样，于是他请它把熄灯器戴起来。

"什么！"精灵嚷嚷道，"才这么一会儿，难道你就想用尘世的手，把我发出的亮光熄灭吗？包括你在内的这些人用强烈的欲望打造了这顶帽子，这么些年来硬是把它低低压在我的眉头上，难道这还不够吗？"

斯克鲁奇恭恭敬敬地说他丝毫没有冒犯的意思，同时他这辈子根本不知道什么故意给精灵戴帽子的事。接着，他鼓起勇气，问它来这儿究竟有何贵干。

"是为你好！"精灵说。

斯克鲁奇嘴上说他对此万分感激，但心里却禁不住嘀咕说真要是这样的话，那还不如让他不受打扰好好睡上一夜的觉呢。他这个心思一定给精灵看出来了，因为它立刻就说：

"那么，是为了让你改过自新。留神啊！"

他边说边伸出有力的手，轻轻抓住他的胳膊。

"起来！跟我走！"

即使斯克鲁奇打算恳求精灵放过他，说天气冷，时间太晚，不适合出去散步；说床上暖暖和和的，温度计上气温降到了零下好几度；

说他身上穿得很少，只有拖鞋、晨衣和睡帽；说他那时还受凉伤风了，这些话也还是一点儿用处都没有。那只手尽管像女人那么轻柔，但却不容抗拒。他站起身，可是一发现精灵在往窗户那边走，他便抓住了它的袍子求情。

"我是个凡人，"斯克鲁奇反对说，"飞不起来。"

"只要让我的手在这地方碰一下，"精灵把手放在他的心口上，"你身子就会腾空而起，而且还不只是身子呢！"

话还没说完，他们就穿过墙壁，站在一条开阔的乡间道路上，路两边都是田地。城市完全不见了。没有留下一点儿痕迹。黑暗和雾气也同城市一起消失了，冬日的天气晴朗寒冷，地上积着雪。

"天哪！"斯克鲁奇说，他双手

握在一起朝四周看去，"我是在这个地方长大的呀。我小时候就在这儿！"

精灵温和地注视着他。尽管它刚才只是轻轻地碰了他一下就缩回去了，但老头儿仿佛仍然感觉得出它的触摸。他闻到在空气中飘浮的上千种气味，每一种气味都使他联想起久已忘却的上千种想法、希望、快乐和关爱！

"你的嘴唇在哆嗦，"精灵说，"你的脸上长的是什么呀？"

斯克鲁奇嘟哝着说，那不过是个粉刺，话音中带着难得听见的哽咽声，接着他求精灵带他到他想去的地方。

"路你还记得吗？"精灵问。

"记不记得！"斯克鲁奇急切地嚷道，"就是蒙上眼睛我都走得到呀。"

"可你把它竟然忘记了这么多年，真是奇怪呀！"精灵说，"我们去吧。"

他们顺着路走过去，每一扇门、每一根柱子、每一棵树斯克鲁奇都认得出来，最后，远处出现了一个小市镇，他们看到了镇上的桥、教堂和弯弯曲曲的小河。几匹鬃毛蓬松的小马朝他们跑来，马背上坐着几个小孩儿，他们朝坐在农民赶的两轮马车和大车上的其他小孩儿大声招呼。这些孩子个个兴高采烈，他们互相大声嚷嚷，广阔的田野里响起一片欢声笑语，听到这音乐般美妙的声音，就连凛冽的空气也仿佛笑了起来。

"这一切只是往事的影子，"精灵说，"他们并不知道我们就在跟前。"

这一群欢天喜地的旅伴过来了；他们经过时，每一个人斯克鲁奇都认识，都叫得出名字。他看见他们，为什么会兴奋得无以复加呢？在他们走过时，他冷冷的眼睛怎么会闪闪发亮，他的心怎么会怦怦跳动呢？他们在十字路口和岔路口分手各自回家，互祝圣诞快乐，这时，他为什么会欢欣鼓舞呢？圣诞快乐对斯克鲁奇又算什么呢？去他的圣诞快乐！圣诞节对他曾经有过什么好处吗？

"学校里人还没有走空，"精灵说，"有个孩子孤零零地还在那儿，朋友们都不理睬他。"

斯克鲁奇说他知道这事。他抽泣起来。

他们从公路上拐到一条熟悉的小巷里，很快来到一所暗红色的砖宅前，宅子顶塔上竖着小风信鸡，里面挂了口钟。这个宅子很大，但显然是家道中落的遗物；因为那些宽敞的办公室都很少使用，墙壁潮湿，长了青苔，窗户破了，门朽坏了。鸡在马厩里咯咯叫着，神气活现地踱来踱去，马车房和棚子里都长满了杂草。屋子里面也同样见不到多少昔日的荣华；他们走进冷清的大厅，透过许多敞开的房门朝里面望去，发现房里空落落的，陈设简陋，很是寒冷。空气中有一种泥土的气息，这个地方显得既阴森又荒凉，也许这是因为住在这里的人常常都要借着烛光早早起床，又没有什么东西吃的缘故吧。

斯克鲁奇和精灵穿过大厅，来到宅子后部一扇门前。房门打开了，里面是个阴森森的没有多少家具的长房间，房里排着几行未经油漆的长凳和课桌，使这里更加显得空落落的。在微弱的炉火旁边，一个小孩儿孤零零地坐在一张课桌前在看书；斯克鲁奇在一条长凳上坐下来，望着早已忘怀的自己当年可怜巴巴的样子，不由得哭泣起来。

屋子里传来的每一点儿回声，墙板后面老鼠吱吱一叫或者奔跑声，凄清的后院里冰雪似化未化时落水管里的滴答声，一棵没精打采的白杨树的光秃秃的树枝间的风声，空库房门懒洋洋的转动声，甚至连炉火的毕剥一响，无不在斯克鲁奇的心头激起阵阵涟漪，柔情似水，他的眼泪止不住扑簌簌地往下直流。

精灵触了触他的胳膊，指了指正在认真读书的儿时的他。突然，一个身穿外国服装的男人出现了，看起来活灵活现，清清楚楚，他站在窗外，腰带上插着一把斧头，手上牵着一头驮着木头的驴子。

"啊哟，这是阿里巴巴①呀！"斯克鲁奇欣喜若狂地叫了起来，"这是亲爱的老实人老阿里巴巴呀！对啦，对啦，我认识的。有一年圣诞节，那个小孩儿孤零零地待在这儿的时候，他确实来了，就像这个样子，那是他头一回来。可怜的孩子！还有瓦伦廷，"斯克鲁奇说，"和他那个野人弟弟奥松；②他们走掉了！那个人叫什么名字来着，他穿着衬裤，睡着时被人丢在大马士革的城门口；你有没有看见他？还有苏丹的马夫，妖怪把他倒立过来，头朝下站在那儿呢。他这是活该！我巴不得呢。他有什么资格娶公主为妻呢？③"

斯克鲁奇全心全意地谈论这些事情，一会儿哭一会儿笑，声音再奇怪不过了，他脸色通红，无比兴奋，要是他在伦敦城里生意上的朋友耳闻目睹这一切，他们一定会大吃一惊的。

"鹦鹉来了！"斯克鲁奇嚷道，"绿身体，黄尾巴，头顶上的羽毛像根莴苣；那就是它！鲁滨孙·克罗索绕岛航行回来，它称他为可怜的鲁滨孙·克罗索。'可怜的鲁滨孙·克罗索，你到哪儿去的啊，鲁滨孙·克罗索？'那人以为自己在做梦，其实不是。要知道，那是鹦鹉在说话。星期五来了，他正拼命往小溪那里跑呢④！嗨！哈！哈哈！"

接着，他一反常态，情绪说变就变，他对当年的自己满心怜惜，开口说："可怜的孩子！"随后又哭了起来。

"我希望，"斯克鲁奇咕哝着，在用袖口擦干眼泪后，手插到口袋里去，又朝四周望了望，"不过现在已经太晚了。"

"什么事情啊？"精灵问。

---

① 阿里巴巴是《一千零一夜》中的人物，他是个樵夫，后来得到了四十大盗隐藏的宝藏。

② 瓦伦廷和奥松是中世纪法国传奇小说中的人物，他们是孪生兄弟，弟弟奥松被熊带走，成为野人。

③ 《一千零一夜》中的故事，说的是苏丹欲娶大臣的女儿未果，便强迫她嫁给驼背马夫。新婚之夜，妖怪将马夫倒立在门外，并使新娘与其情人完婚。黎明前又将在睡梦中的情人送往大马士革城门外面。

④ 鲁滨孙·克罗索是英国作家笛福的小说《鲁滨孙飘流记》的主人公，鹦鹉是他饲养的，星期五是他在孤岛上收留的土人。

"没什么，"斯克鲁奇说，"没什么。昨天夜里有个小孩儿在我家门口唱圣诞赞歌。我想要是能够给他点东西多好，就是这回事。"

精灵若有所思地笑笑，接着一边挥手一边说，"我们再去瞧另一个圣诞节吧！"

话刚说完，从前的那个斯克鲁奇长大了一点儿，那个房间也变得更暗了些，更脏了些。护墙板缩掉了，窗户裂了缝；天花板上的石灰掉落了好些，露出了里面的木板条；不过，这一切到底是怎么回事，斯克鲁奇和你我一样毫不知情。他知道的只是情况确实如此；这一切以前确实发生过；别的孩子都回家去欢度佳节了，又是他孤零零地留了下来。

他这会儿不在读书，而是绝望地走过来走过去。斯克鲁奇望了望精灵，伤心地摇摇头，又急切地朝门口望去。

门开了，一个岁数比男孩儿小得多的女孩儿冲了进来，她双臂拢住了他的脖子，不住地亲吻他，称他为"我亲爱的，亲爱的哥哥"。

"亲爱的哥哥，我是来接你回家的！" 女孩儿说，她拍着小手，笑得弯下身子，"接你回家，回家啦，回家啦！"

"回家吗，小凡？" 男孩儿问。

"是啊！" 女孩儿兴高采烈地说。"回家，再也不用到这儿来啦。再也不用来啦。爸爸脾气比以前好多啦，家就像是天堂一样！有天晚上，我正要上床睡觉，他跟我说话，样子慈祥得很，我也就不害怕了，再一次问他能不能让你回家；他说可以，你该回家了；他还叫我坐车子来接你。你就要长大成人啦！" 女孩儿张大了眼睛说，"再也不用回这儿来了；不过我们首先要在一起度过这个圣诞长假，我们要好好玩儿一下，玩儿个痛快！"

"你已经是个大姑娘啦，小凡！" 男孩儿嚷道。

她拍手笑着，想要摸他的脑袋；不过她个子太小摸不着，便又大笑起来，并且踮起脚尖拥抱他。接着，她以小孩子特有的急切心情，拉着他向门口走去；他呢，当然是求之不得，便跟在她后面。

大厅里传来了可怕的喊声，"把斯克鲁奇少爷的箱子搬到这里来！"站在大厅里的就是校长本人，他狠巴巴地盯着斯克鲁奇，架子很大地伸出手来同男孩握了握，吓得他战战兢兢的。接着校长把他们兄妹俩带进像古井一样冷得叫人发抖的客厅，房里那样冷，真是前所未见，客厅墙壁上挂的地图，窗台上放的天体仪和地球仪都冻得像蜡做的一样。他拿出一瓶淡得出奇的葡萄酒，还有一大块腻得出奇的蛋糕，把这些美味分了一点儿给两个孩子吃；同时又叫一个精瘦的仆人送一杯"喝的"给马车夫，车夫回答说他谢谢这位绅士，不过假如这还是他方才喝过的东西，那他就不喝了。这时候，斯克鲁奇少爷的箱子已经绑到了车顶上，两个孩子求之不得地向校长告别，钻进马车，车子开开心心地驶上花园的弯道，飞快转动的车轮把冬青树暗黑的叶子上的白霜和残雪刮了下来，像水花那样四处飞溅。

"她这个人一向娇弱，一口气都吹得倒，"精灵说，"但她的胸怀却十分宽阔。"

"她一向是这样，"斯克鲁奇嚷道，"你说得不错。精灵啊，我完全赞成。上帝不容我有别的话。"

"她去世时已经结婚了，"精灵说，"我记得还留下了儿女。"

"有一个孩子。"斯克鲁奇回答。

"对，"精灵说，"是你的外甥！"

斯克鲁奇的心头似乎掠过一丝不安，他只是简单地应了两个字，"是的。"

尽管他们离开学校才一会儿，马车已经来到了城市里热闹的大街上，只见影影绰绰的行人熙来攘往，影影绰绰的货车和客车挤来挤去地争路，就像在真正的城市里一样你抢我夺，乱成一团。店铺门面的装饰清楚地表明，这儿又在过圣诞时节；不过这会儿是晚上，街道上灯火通明。

精灵在一个库房的门前停住了，它问斯克鲁奇认不认识这个地方。

"认不认识！"斯克鲁奇说，"我就在这里当学徒的呀！"

他们走了进去。迎面看见的是一位头戴威尔士假发①的老先生，他坐在一张非常高的写字台后面，要是他身高再多两英寸的话，那么他的脑袋一定会碰到天花板了，一看见他，斯克鲁奇便激动万分地嚷了起来：

"啊哟，这不是老费兹维格吗！上帝保佑，费兹维格又活转来了！"

老费兹维格放下手中的笔，抬头望了望钟，正好是七点。他搓了搓手；把肥大的背心拉正；从头到脚浑身上下喜气洋洋，慈祥的脸上满是笑容；他用舒心、甜蜜、丰满、圆润而快乐的声音大叫道：

"哟嗬，来啊！埃比尼泽！狄克！"

当年的那个斯克鲁奇，已经长成为一个小伙子了，他生气勃勃地走进来，同时来的还有同他一起做学徒的伙伴。

"狄克·威尔金斯，就是他！"斯克鲁奇对精灵说，"上帝保佑，对。他来了。狄克啊，他当年同我很好哟。可怜的狄克！天哪！天哪！"

"哟嗬，小伙子们！"费兹维格说，"今天晚上不干活儿了。平安夜，狄克。圣诞节，埃比尼泽！把橱窗的遮板上起来，"老费兹维格响亮地拍了拍巴掌，叫道，"说干就干啊！"

你简直难以相信这两个伙计有多卖力！他们扛起遮板冲到街上——一、二、三——装在橱窗外面——四、五、六——拴好了插上插销——七、八、九——还没有等你数

---

① 这是一种毛织的圆帽，蓬松的羊毛露在外面。

到十二，便跑了回来，像参加赛马的马那样直喘气。

"嘿嗬！"老费兹维格嚷道，他从高高的写字台旁跳了下来，动作极其敏捷，"小伙子们，把东西搬开，把地方腾出来！嘿嗬，狄克！啧啧，埃比尼泽！"

把东西搬掉！老费兹维格在一旁看着，他们要把样样东西都搬掉，没有什么东西是搬不掉的。东西立刻就搬空了。每一件可以移动的物件都搬走了，仿佛从此就会永远从人们视线中消失了似的；地板扫干净了，并且洒了水，灯芯修剪了，火炉里添加了燃料；库房变成了一个既舒适又暖和，既干燥又明亮的舞厅，在冬夜里能见到这样的地方真令人惬意。

一位小提琴手带着乐谱进来了，

他跳到大写字台上，把它用作乐池，他调起音来，吱吱呀呀的就像几十个人肚子痛发作似的。费兹维格太太眉开眼笑地进来了。费兹维格家三位小姐进来了，满面笑容，很是可爱。六个为追求她们而心神不定的年轻人进来了。这个商行雇用的青年男女都进来了。女佣带着当面包师的表兄进来了。厨子带着她弟弟非同一般的送奶人朋友进来了。街对面的一个男孩进来了，有人怀疑他的东家没有给他吃饱；他想要躲在隔壁第二家那个女孩儿的身后，那个女孩儿呢，有人发现她的耳朵被女主人揪了。他们一个接一个都进来了；有的人害羞，有的人大胆，有的举止得体，有的笨手笨脚，有的推，有的拉；不管怎样，反正大家都进来了。大家又立刻组成了二十个对子，跳起舞来；拉着手转了半个圈，再转身回来；跳到中间再跳出来；绕了一圈又一圈，有的偎得紧，有的分得开些，形成各不相同的组合；原先领头的一对总是走错地方；接上去的一对一到那地方就重新开始；最后大家都变成了领头的，没有人在后面形成队列了！出现这样的情况，老费兹维格连忙拍手叫舞蹈停下来，他嚷嚷道："跳得好！"小提琴手把滚热的脸埋到一罐特地为他准备的黑啤酒里解渴。不过，他不肯休息，尽管还没有人跳舞，他一抬头就马上拉琴，仿佛先前的那个他已经筋疲力尽，让人用隔板抬着送回家去了。这会儿他像是新换了个人似的，决心要把前面那个比下去，宁死也不肯罢休。

接着又跳了好几个回合的舞，之后玩罚物游戏①，之后又跳舞，接着蛋糕端上来了，还有尼格斯酒②，还有一大块冷烤肉，一大块冷炖肉，还有肉馅饼，还有大量的啤酒。不过，这天晚上的高潮是在烤肉和炖肉端上来之后，那时候小提

琴手（听着，他可是个精明的家伙呀！他对自己那一行精得要命，你我根本没法对他指手画脚！）拉起了《罗杰·德·科弗里爵士》③的曲子来。这样，老费兹维格便站出来和费兹维格太太配对。而且还由他们领舞；这活儿对他们可不容易对付呀；一共有二十三四对舞伴跟在后面；全是些不容小看的角色；这些人只知道跳舞，连走路都在跳呢。

不过，就算再加上一倍——啊！再加上三倍的人——老费兹维格也不会输给他们，费兹维格太太也是一样。她那个人，无论从哪方面都配得上做他的好搭档。假如说这点赞美还不到位的话，请告诉我还有什么更加恰当的说法，我很愿意采用。费兹维格的小腿确实闪闪发亮。无论跳到哪里，它们都像月亮一样亮堂堂的。无论在什么时刻，你简直无法预想下一步它们又会有什么动作。老费兹维格和费兹维格太太跳完了所有的动作；前进后退，伸出两手给对方，鞠躬行屈膝礼，作螺旋式移动，跳穿针舞，又回到自己的位置上；费兹维格腾空一跃——

---

① 罚物游戏是圣诞节时经常玩的，犯规者须交出身上的一些东西，受罚后发还。
② 尼格斯酒由葡萄酒、热水、糖、柠檬汁和豆蔻等混合而成。
③ 一种广为流行的古老的乡村舞蹈。

这个动作熟练异常，两条腿仿佛就像在眨眼睛，他双脚着地，稳稳当当。

钟敲十一点，这个家庭舞会结束了。费兹维格先生和太太站到大门口，一边一个，同走出门的男女客人一一握手，祝他们圣诞快乐。等到人都走完，只剩下两个学徒时，他们也照样同他们握手道贺；就这样，欢乐的声音平静下来，留下的就只有两个小伙子，他们爬到店堂后面柜台底下的床铺上去。

在这段时间里，斯克鲁奇自始至终都现出魂不守舍的样子。他的整个身心都进入到那个场景之中，同当年的那个他结合在一起了。他承认一切确实如此，回忆起所有的事情，一切都使他满心快乐，同时，他又觉得异乎寻常地激动不安。直到年轻时的他和狄克两人的笑脸掉转过去，他才想起精灵就在一边，他还意识到精灵正直直盯着他瞧，它头顶上的亮光也变得十分清澈。

"一点儿小事，"精灵说，"就使得这些傻乎乎的家伙感激不尽。"

"小事！"斯克鲁奇重复说。

精灵做了个手势，要他倾听两个学徒正在真心实意地夸费兹维格为人多好多好；他听过之后，它又说：

"喂，不是这样吗？他不过花去了你们人世间的几镑钱，也许就只三四镑吧。就这么一点儿的钱，他就配受这样的夸奖吗？"

"话可不能这样说，"这种说法让斯克鲁奇觉得接受不了，他不知不觉地争论起来，说话的口吻就像从前的他，而不是如今的自己，"精灵啊，话可不能这样说。他手上有权，能够叫我们快乐或者不快乐，使我们的活计轻松或者沉重，使它显得像是玩耍还是像服苦役。假如说他的

权力就包含在他说的话和他的眼色之中，在那些计算不出、加都加不起来的微不足道的小事当中，那又怎样呢？他给人带来了极大的欢乐，同花去一大笔家财没有什么区别。"

他感觉到精灵正在朝他看，便住了口。

"怎么啦？"精灵问。

"没什么要紧的。"斯克鲁奇说。

"我看是有什么事吧？"精灵紧逼一步。

"没什么，"斯克鲁奇说，"没什么。我方才只是想要跟我手下的办事员说一两句话。如此而已。"

在他说出这个愿望时，从前的那个他把灯光捻小了；斯克鲁奇和精灵又并排站在了露天。

"快点儿！"精灵说，"我剩下的时间不多了。"

这话并不是对斯克鲁奇说的，也不是对他能够看得见的哪个人说的，可是它立刻便起了作用。因为斯克鲁奇又瞧见了自己。这会儿他年岁大了些，正值壮年时期。他的脸上还没有出现他在后来岁月中所有的那种刻板冷峻的条纹；但已经现出烦恼和贪婪的迹象。他的眼神游移不定，有一种急切而贪心的神

27

气，这表明强烈的欲望已经生了根，并且表明欲望这棵正在成长的大树将会把暗影投在何处。

并不是只有他一个人，他坐在一个身穿丧服的漂亮的年轻女子身旁；女子眼睛里噙着泪水，在"过去的圣诞节的精灵"发出的亮光照耀下闪闪发亮。

"对你来说，这事关系不大，"她柔声说，"关系很小。另一个偶像已经取代了我的地位；如果在将来，它会像我极力想做的那样，使你高兴，给你安慰，那我也就没有多大的理由伤心难过了。"

"什么偶像取代了你？"他问。

"黄金的偶像。"

"这就是世人那种不偏不倚的做法！"他说，"假如你是个穷光蛋呢，别人就会看不起你；假如你努力去发财呢，别人又会对你的所作所为骂个狗血喷头。"

"你太害怕世人了，"她轻轻地回答说，"你心里没有别的希望，只是指望不要被别人恶毒地咒骂。我亲眼看到，你的高贵的理想一个个地不见了，如今你心里没有别的事情，你朝思暮想的只有一件事，那就是钱财。不是吗？"

"那又怎么样呢？"他反驳说，"即使说我比从前懂了许多事情，那又怎么样呢？我对你可没有变呀。"

她摇了摇头。

"我变了吗？"

"我们的婚约还是以前订的。那时候我们俩都很穷，穷虽然穷，但都很知足，我们只希望通过自己坚忍不拔的努力，有朝一日会使自己的境况得到改善。可现在你变了。当年我们订婚的时候，你完全不是这个样子呀。"

"那时候我只是个毛头小伙子。"他不耐烦地说。

"你自己心里也会感觉得到，你从前不是现在这个样子，"她回答说，"我可没有变。只要我们俩心往一处想，本来是会很幸福的，但现在我们已经不再是一条心，剩下的就只有痛苦了。对这一点我想过多少次，我心里又是多么难过，我不想说了。我要说的只是我已经考虑好了，我愿意解除婚约。"

"我什么时候想要解除婚约的呀？"

"在口头上，的确没有过。从来没有。"

"那么表现在哪方面呢？"

"你脾气变了，精神上另有所求；生活的气氛完全不同了；你把另一种企望作为人生的最大目标。使你珍视我的爱情的一切，如今已经不再存在了。假如我们俩之间根本没有这回事的话，"女子温和但却坚定不移地望着他说，"告诉我，你现在还会不会追求我，想要娶我呢？啊，不会的！"

他似乎不由自主地承认这一推测不无道理。但他还是竭力说，"你说不会，这是你自己的想法。"

"我巴不得能不这样想呢，"她回答说，"老天知道！在我明白了原来是这么一回事之后，我知道这东西一定是极其顽固、无法抗拒的。不过，假如在今天、明天、昨天你并没有受到婚约的束缚的话，我还能相信你会选择一个没有陪嫁的姑娘为妻吗？你这个人，即使在同她亲密无间的时候，也是用钱财来衡量一切的；假使你一时糊涂，违背了自己做事的原则而选中了她，事后你会不会万分懊恼，追悔莫及呢？我知道你是肯定会的；因此我给你自由。为了对从前的那个你的爱，我心甘情愿。"

他正打算开口说话；不过，她的头别了过去，继续说下去。

"也许你会为此觉得难受——回忆往事，我倒是有点儿希望你会这样。不过，过了短短一段时间之后，你会快快活活地把它忘记，把它当作一个无利可图的梦境，你从梦中醒过来真是求之不得呢。祝你在你选择的生活中过得幸福！"

她离开了他，他们分手了。

"精灵啊！"斯克鲁奇说，"别再给我看什么了！送我回去。你干吗以折磨我来取乐呢？"

"还剩下一个影子！"精灵喊道。

"不要了！"斯克鲁奇嚷道，"再也不要了！我不想看。别叫我看了！"

可是精灵不为所动，它用胳膊箍住他，硬逼着他看下面这件事。

他们来到了另一个地方，置身于另一个场景之中；是个房间，不是很大，也不很漂亮，但是非常舒适。一个美丽的姑娘坐在冬日的火炉跟前，她跟先前的那一位实在太像了，斯克鲁奇还以为就是她呢，到后来他才发现那是她的女儿，如今她已经成为一个清秀的主妇了，就坐在女儿对面。房间里吵吵嚷嚷的，因为家里有好几个小孩儿，究竟是几个呢，斯克鲁奇这时心烦意乱，根本数不清；他们不像那首诗歌里著名的牛群，四十头像一头那样规规矩矩，[1] 而是每个孩子都像四十个人那样吵闹。结果呢，闹出来的声音真是令人难以置信；不过似乎没人在意；相反母女俩还乐在其中，高兴得哈哈大笑；女儿呢，很快也参加到小孩儿的游戏当中，那几个小强盗心狠手辣，把她抢了个痛快。要是我也能成为他们当中的一员，那还有什么舍不得放弃的呀？不过我是决不会像他们那样蛮不讲理的，决不！就是把全世界的财富都给我，我也不会扯散她的辫子，弄乱她的头发；还有那只可爱的小鞋子呢，上帝保佑我的灵魂，我是决不会把它拉下来的。那几个大胆的小混蛋竟然还去闹着量她的腰围，换了我是绝对不会做的；那样的话我猜自己一定会遭报应，胳膊笼住她的腰以后再也伸不直。不过，我承认自己确实很想去亲亲她的嘴唇；去问她几句话，让她可以开口回答；去看她低

---

① 出自威廉·华兹华斯的诗歌《写于三月》，说是"四十头牛低头吃草，像一头牛那样"。

垂的眼睛上的睫毛，一点也不脸红；去松开她拳曲的头发，把一寸发丝也当成无价之宝来珍藏；总而言之，我承认我很想像小孩子那样肆无忌惮，然而又像成年人那样懂得这样的机会实在是太可宝贵了。

但就在这时响起了敲门声，大家立即朝门前涌去，她被簇拥在面颊通红、吵吵嚷嚷的孩子中间，满脸笑容，衣衫不整，刚好迎接父亲进门，父亲身后还跟着一个人，手上捧满了圣诞玩具和礼物。接下来便是一阵大呼小叫，你抢我夺，把那个无法招架的脚夫整得够呛！他们把椅子当扶梯爬到他身上，掏他的口袋，把他手上的牛皮纸包抢夺过去，大家对他亲热得不得了，紧紧抓住他的领巾，抱住他的脖子，捏紧拳头捶他的背脊，踢他的腿！每一个礼物纸包打开时都引起一阵又惊又喜的叫喊声！有人惊呼说小娃娃把玩具煎锅塞到了嘴里面，还有人说是他大概把粘在木盘子上的假火鸡给吞下去了！结果发现这只是虚惊一场，大家全都松了口气！那种欢欣鼓舞、满怀感激和大喜过望的神情呀！大家都一模一样，简直说不出有什么不同。反正这样说也就够了，孩子们兴奋的心情渐渐平息下来，他们一个个走出客厅，一步跨一级楼梯，走到屋子顶层上床睡觉，房子里才安静下来。

这时候，这家的主人进来了，斯克鲁奇观察的神情从来没有这么专注过，只见他让女儿亲热地倚在他身上，在火炉边上同她们母女俩坐下来；斯克鲁奇想，他本来也可能有这样一个女儿的，她也会同这个姑娘一样楚楚动人，一样前程远大，在他生命的严冬，她会给他带来春光，想到这里，他泪眼模糊了。

“贝尔，”丈夫微笑着转脸对妻子说，“今天下午我碰见了你的一个老朋友。”

“是谁呀？”

“你猜猜看！”

“那怎么猜得出来呢？喷，我真的猜不出来吗？”她一口气接下去说，看到丈夫哈哈大笑，她也大笑起来，“是斯克鲁奇先生。”

“正是斯克鲁奇先生。我从他办公室窗户前走过；窗子没有关，他房间里面点着蜡烛，我免不了会看见他。我听说他的合伙人病倒在床，快要死了；他独自坐着。我敢肯定，他就孤零零地活在世上。”

“精灵啊！”斯克鲁奇哽咽着说，“把我从这地方带走吧。”

“我跟你说过，这些只是往事的影子，”精灵说，“事情原来就是这样，别怪我。”

“把我带走！”斯克鲁奇大叫道，“我受不了啦！”

他朝精灵转过脸去，发现瞧他的那张脸变得十分奇怪，那上面全是它指点给他看的各个面孔的碎片，他同它扭打起来。

“放开我！带我回去！别再来缠我了！”

在这场打斗——假如这也能算作打斗的话，根本看不见精灵作什么反抗，它对敌方的攻击完全无所谓——当中，斯克鲁奇发现它头顶的光芒又高又亮；他隐约觉得这同它对他的影响有关系，于是他一把抓起熄灯器，猛不丁扣到它的头上。

精灵在熄灯器底下瘫倒在地，熄灯器把它的全身都罩住了；但无论斯克鲁奇怎么用力压住熄灯器，他还是没法把光线遮住，光线从熄灯器底下直泻出来，照亮了地面。

他觉得自己筋疲力尽，睡意袭来，无法抗拒；此外，他也觉察出这是在自己的卧室里。他又最后一次扣了扣帽子，手便松开了；接着他跌跌撞撞地回到床上，马上就沉沉睡去了。

第三节
第二个精灵

斯克鲁奇从震耳的鼾声中醒来，坐在床上定了定神，不用别人告诉，他就知道钟马上要敲一点了。他觉得自己在这个关键时刻清醒过来，就是特地为了会见第二个使者的，那个使者派到这儿，也是雅可布·马利出手干预的结果。不过，就在他纳闷这回新来的精灵会把哪面的帐子拉开时，他觉得身上阵阵发冷，难受得很，于是他索性自己动手把床边上的帐子全拉了起来，然后再躺到床上，警觉地望着四周。他希望在精灵一现形时就能够面对它，免得猝不及防，弄得手足无措。

那些放荡不羁的先生们总喜欢炫耀自己有那么两下子，对世间的事情完全能够应付裕如。他们夸口说自己对各种冒险活动无所不能，从投硬币游戏到杀人，样样在行；而处于这两个极端之间，无疑存在着范围相当广泛的各种事情。我纵然不敢说斯克鲁奇有如此能耐，但诸位也还是可以相信他这会儿底气十足，准备同各种各样奇怪的东西会面，无论什么，平常如小娃娃，怪异如犀牛，都不会让他惊慌失措。

这会儿，他对见到无论什么东西都已做好了准备，却偏偏没有准备什么也见不到；结果呢，钟敲一点时，什么也没有出现，他剧烈地发起抖来。五分钟过去了，十分钟过去了，一刻钟过去了，还是没有什么出现。时钟报时那当儿，有一道红彤彤的亮光照到了他床上，他躺在那里等候着，就处在这道亮光中央的核心地位；由于射进来的仅仅是一道亮光，这就显得比十来个鬼魂更加可怕，因为他完全不知道这道亮光究竟是怎么回事，它有什么用意；他有时候禁不住担心自己会不会成为一个有趣的案例，突然在毫不知情的情况下自燃起来。不过，到最后，他有点想到——换了你我，肯定一开始早就想到了；这是因为，身处逆境中的人往往无所措手足，局外人冷眼旁观，反而能应付裕如——我说，到了最后，他有点儿想到这道幽灵似的亮光的来源和秘密说不定就在隔壁房间里，沿着踪迹看过去，亮光似乎是那里发出的。他越想越觉得有理，于是便轻轻爬起身，趿上拖鞋向门口走去。

斯克鲁奇的手刚搭在锁上，就听见有个奇怪的声音在叫他的名字，吩咐他进去。他照办了。

这是他自己的房间。这一点是毫无疑问的。不过，房里却发生了令人异的变化。墙壁和天花板上都挂满了绿色植物，看起来就像是在小树林里；绿色植物的枝叶上挂着亮晶晶的浆果。冬青、槲寄生和常春藤①鲜嫩的叶子就像无数面小镜子一样，把光线反射出来；炉火熊熊，直往烟囱里蹿，原先，无论是在斯克鲁奇手里，还是在马利手里，这个壁炉简直是个毫无生气的摆设，多年寒冬从来没有这样兴旺过。堆在地板上的东西简直成了个宝座，其中有火鸡、肥鹅、野味、鸡鸭、腌猪肉、大块的牛肉、乳猪、一长串一长串的香肠、肉馅饼、葡萄干布丁、一桶桶的牡蛎、滚烫的栗子、红彤彤的苹果、水灵灵的橙子、香喷喷的梨子、巨大的主显节②蛋糕，还有一碗又一碗直冒热气的潘趣酒③，使得整个房间里雾气腾腾，充满了香甜的蒸气。有个快乐的巨人潇洒地坐在长沙发上，看上去光彩夺目；它手持一支火炬，那模样有些像是"丰饶之角"④，它高高举着，斯克鲁奇走到门口张望时，火炬的光芒照到了他的身上。

"进来啊！"精灵叫道，"进来！

老兄，交个朋友吧！"

斯克鲁奇怯怯地走了进去，低头站在精灵面前。他不再像以前那样顽固不化了；尽管精灵的目光清澈仁慈，他还是不喜欢正视它的双眼。

"我是'当今的圣诞节的精灵'，"精灵说，"瞧我呀！"

斯克鲁奇恭恭敬敬地照办了。精灵身穿一件简单的深绿色的长袍，或者说是斗篷，边上滚着白色的皮毛。这件衣服松松地披在身上，它宽阔的胸口露在外面，仿佛它根本不屑于用什么招数把它遮掩起来似的。它的双脚从长袍宽大的褶裥底下露出来，脚上也没有鞋袜；头上只有一顶冬青叶编成的圆冠，没有别的装饰，圆冠上东一处西一处点缀着闪闪发亮的冰锥。它深棕色的鬈发很长，自然而然地披散下来，自然得就像它和蔼的面容，像它闪闪发亮的眼睛，像它张开的巴掌，像它充满笑意的声音，像它无拘无束的举止和它兴高采烈的神气。它腰间挂着一个古董剑鞘；不过里面并没有插剑，古董剑鞘上锈迹斑斑。

---

① 这些植物都是英国常用来装饰圣诞节的。
② 圣诞节后第十二天。
③ 用酒、果汁、牛奶调和而成的饮料。
④ "丰饶之角"出自希腊神话，女神色雷斯左手举着，其中放满了水果和鲜花。

"你以前从来没有见过我这样的精灵吧！"精灵大声问。

"从来没有。"斯克鲁奇回答说。

"从来没有和我家里那几个小字辈一起出去走走吧？我指的是前些年出生的我哥哥他们（因为我自己还很小）。"精灵继续问。

"我想是没有，"斯克鲁奇说，"恐怕没有。您兄弟很多吗，精灵？"

"有一千八百多个。"精灵说。

"养这一大家子，不容易啊。"斯克鲁奇嘀咕说。

当今的圣诞节的精灵站起身来。

"精灵啊，"斯克鲁奇低声下气地说，"您想把我带到哪儿就带到哪儿去吧。昨天夜里我是被迫出去的，我得到了教益，这会儿这些教益正在起作用呢。今天夜里您要是有什么要教导我的话，让我从中受益吧。"

"抓住我的袍子！"

斯克鲁奇照办了，紧紧抓住它的袍子。

冬青、槲寄生、红浆果、常春藤、火鸡、肥鹅、野味、鸡鸭、腌猪肉、牛肉、乳猪、香肠、牡蛎、肉馅饼、布丁、水果和潘趣酒一下子都不见了。房间、炉火、红彤彤的亮光和夜间的时光也都消失了，他们站在城里大街上，时间是圣诞节早晨，由于天气很冷，人们正在忙着铲除住所前人行道和屋顶上的积雪，喀嚓喀嚓的声音粗粗的，但却生动轻快，并不难听，积雪从屋顶砰地坠落到路面上，雪花四处飞溅，又像刮起了小小的暴风雪，男孩们看到了，个个乐不可支。

在积满雪的白皑皑的屋顶和堆在地面上有点儿脏的雪的衬托之下，房屋的正面看起来黑黝黝的，窗户就更黑了；地面上新近积起来的雪被大车和篷车沉重的车轮碾过，留下了深深的车辙；在大路分岔的路口，车辙纵横交错了成百上千次；形成了错综复杂的小水沟，在稠滑的黄泥浆和冰冷的水中，很难分清来龙去脉。天空阴沉沉的，最短的街道上满是又像融化又像冻结的污秽的雾气，雾气中较为沉重的小颗粒飘落下来，到处都是煤灰，仿佛大不列颠所有的烟囱都不约而同地点了火，正在尽情地排放黑烟。无论是气候，还是市区，都没有什么令人高兴的，然而四处却荡漾着一种无比欢快的气氛，就是夏季最清新的空气和最明亮的阳光也散发不出来。

这是因为，在屋顶上铲雪的人个个都兴高采烈；大家在挡墙边上互相大声招呼，时不时还扔几个雪球开开玩笑——投掷这种玩意儿要比口头的玩笑效果更加好——如果投中目标就哈哈大笑，如果没有投中，也一样高兴。卖鸡鸭的铺子仍然半开着门，卖水果的铺子里面琳琅满目。装满栗子的圆滚滚的大篓子，就像是身穿背心的快乐的老绅士，懒洋洋地倚在门口，或者胖得中风，滚到了大街上。那些红棕色的西班牙洋葱，腰围很大，长得肥肥胖胖，满脸油光，活像是西班牙修道士，每当有姑娘走过，它们就在货架上挤眉弄眼，大耍滑头，又故作正经地望望高高挂着的槲寄生①。梨子和苹果堆得像是一座座小山；水果铺的店主大发慈悲，把一大串一大串的葡萄醒目地挂在钩子上，使得行人路过时可以不花钱而大流口水；一堆堆带着青苔的褐色榛子散发出阵阵香气，令人回想起树林中年代久远的小道，脚踝深陷在落叶中拖着步子慢慢行走感觉有多爽；还有胖嘟嘟黑黝黝的诺福克苹果，把黄色的橙子和柠檬衬托得分外鲜明，它们长得结结实实，一咬就是满口汁液，像是急切地恳求你把它们装在纸袋里买回家去，在正餐以后享用。在这些精美的水果中间还放着一只鱼缸，里面养着几条金色和银白色的鱼儿，尽管这种动物呆头呆脑、反应迟钝，但它们仿佛也知道今儿个有点非同寻常；它们整齐划一地张开嘴巴，慢慢地在那个小天地里兜着圈子，虽然起劲，但却没有多大的激情。

杂货铺呢！啊，杂货铺呀！几乎打烊了，也许放下了两扇或者一扇遮板；可是透过那些缝隙看看店里的情景吧！秤盘放在柜台上发出悦耳的声音，麻线轻快地从线轴上剪下来，小金属罐叮叮当当地拿上拿下，就像是在变戏法；茶和咖啡混在一起的香气很是好闻，葡萄干货色又多又精，杏仁白得不得了，一支支的桂皮又长又直，其他各种香料也发出阵阵清香，果脯上糖浆结成了壳，一团一团的，连最冷静的人看见了也会头晕目眩，弄得胃里七上八下。还有呢，无花果汁水又多又嫩，装帧精美的盒子里的法国李子红红的像是害臊，微微带点儿酸味，所有的东西都好吃得很，而且为过节包装得漂漂亮亮；除了这一切，还可以看到在这个给人

带来希望的节日里，顾客匆匆忙忙，不是在门口撞个满怀，把手上的柳条筐子碰坏，就是把买的东西忘在柜台上，赶忙跑回来取，诸如此类的错误总有上百起，但大家心情依然好得不能再好；杂货店老板和他手下的店员个个精神饱满坦诚待客，腰后面的围裙上的心形搭扣光亮可鉴，倒有几分像是把自己的心灵露在外边，任人观察检查，要是圣诞节的寒鸦愿意啄的话，就让它们来啄好了。

一会儿工夫，教堂尖塔上的钟声响了起来，召唤善良的人们到大大小小的教堂里面去，大家都身穿最漂亮的衣服，带着最快乐的笑容，簇拥到大街上。与此同时，从好几十条小街、巷子和不知其名的角落里涌出来无数的人，带着饭菜到各家面包作坊去②。精灵显得对这些寻欢作乐的穷人很感兴趣，他带着斯克鲁奇站在一家面包作坊门口，在那些人走过时掀起他们的饭盒的盖子，从它的火炬上弄些香料撒到他们的饭食里。这是一支极不寻常的火炬，有那么一两回，有几个带饭

---

① 按照圣诞风俗，男子可以随便吻站在挂着的槲寄生底下的女子。
② 在节假日，家中没有炉灶的穷人可去面包作坊烧煮。

的人推推搡搡，争吵了几句，精灵立刻从火炬上洒了几滴水到他们身上，大家立刻就和好如初了。因为他们说，在圣诞节吵嘴未免太不像话。的确如此！上帝保佑，的确如此！

钟声停下来时，面包作坊的门也关上了；然而在每家面包作坊的烤炉上融化的潮湿印迹上，隐约可见这些人在加工他们的饭菜，就连烤炉上铺的石板也在冒烟，仿佛连石头也在烹煮似的。

"您从火炬上撒下的东西有特别的香味吗？"斯克鲁奇问。

"有。我自己的气味。"

"是不是今天所有的饭菜都会有这种气味呢？"斯克鲁奇问。

"任何慷慨给予的都有，尤其是给穷人。"

"为什么尤其要给穷人呢？"斯克鲁奇问。

"因为穷人的饭最需要。"

"精灵啊！"斯克鲁奇在考虑了一会儿之后说，"我真不懂，在我们周围的阴阳世界当中的所有人物里，偏偏是您企图剥夺这些人单纯的享受的机会。"

"是我！"精灵嚷道。

"你剥夺他们每七天吃上一顿饭的机会，往往只有在这一天，他们才算是真正能吃上一顿正经饭，"斯克鲁奇说，"不是吗？"

"我剥夺！"精灵嚷道。

"您要这些地方到礼拜天就关门，"斯克鲁奇说，"结果不就这样吗？"

"我要！"精灵喊道。

"如果我说错了，那就很对不住啦。那是以您的名义，或者至少是以您家族的名义规定的。"斯克鲁奇说。

"在你们这个地球上，"精灵说，"有些人自称了解我们，他们以我们的名义干出种种勾当来，放纵情欲、骄傲自大、恶意相向、怀恨在心、嫉妒他人、盲从偏执、自私自利，其实他们对我们，以及我们家里所有的人都一无所知，他们这辈子仿佛就是白活了。记住这一点，对他们的所作所为承担责任的应该是他们自己，不是我们。"

斯克鲁奇答应他会记住的；他们又往前走去，来到了市郊，还像先前那样，别人无法看见他们。斯克鲁奇在面包作坊那里就看出来，这位精灵有个非同寻常的本事，那就是尽管它个头无比巨大，但却能毫不费力地出现在任何地方；这个来自冥冥之中的角色优雅从容地站在低矮的屋顶下面，仿佛那就是一间高大的殿堂一样。

也许是这位好精灵乐于显示自己的本领，也许是它心地善良、慷慨热情，对天下的穷人满心同情，反正它把斯克鲁奇直接领到他办事员的家中；斯克鲁奇拉住它的袍子，跟在它后面走去；在门槛边上，精灵微微一笑，并且停下脚步从火炬里洒出几滴水，来祝福鲍勃·克拉奇的住所。想想这样一件事吧！鲍勃自己每个星期只挣十五个"鲍勃"①；每到星期六，他把十五个跟他名字一样的东西放进口袋；想不到当今圣诞节的精灵竟然还会祝福他那个四居室的住房！

接着，克拉奇的妻子克拉奇太太站起身来。她打扮好了，身穿一件翻过两次的寒碜的长裙，不过扎着艳丽的缎带，缎带很便宜，花上六个便士就能打扮得漂漂亮亮；她铺上桌布，二女儿贝林达·克拉奇过来帮忙，她也扎着艳丽的缎带；彼得·克拉奇少爷呢，把叉子插到一锅土豆里面，把他身上大得不像话的衬衫（那本是鲍勃的财物，因为过节，他把它让给了儿子兼继承人）领子角弄到了嘴里，他觉得自己打扮得实在潇洒，恨不得身穿这件衬衫到时髦的公园里去出出风头。这会儿，两个小一些的孩子，一男一女奔了进来，他们嚷嚷说早在面包作坊外面就闻到了鹅肉的香味儿，知道这就是自己家里烤的；一想到洋苏叶和洋葱，两个小孩儿都乐坏了，他们围着餐桌又蹦又跳，并且把彼得·克拉奇少爷捧到了天上，后一位呢（尽管衬衫领子卡得他几乎透不过气来，但他并不盛气凌人）只是在吹火，直到煮起来很慢的土豆翻滚起来，顶得平底锅的盖子咯咯直响，这说明该把它们取出来剥皮了。

"不知道你们那位好爸爸有什么事了？"克拉奇太太说，"还有你们的小弟弟小蒂姆呢？去年圣诞节玛莎也没有像这样，迟到半个钟头了！"

"妈，玛莎来啦！"一个姑娘边走进来边说道。

"妈，玛莎来啦！"两个小孩儿也嚷道，"好哇！玛莎，有这么大一只鹅呢！"

"亲爱的，老天保佑你，你怎么来得这样晚啊！"克拉奇太太吻了女儿十几次，一面把她的围巾和帽子解下来，热情得有些过分。

"妈，昨天夜里我们有好些活计要赶完，"姑娘回答说，"今天一早要把东西收拾干净。"

"哎，只要你来了，那就好，"克拉奇太太说，"亲爱的，坐到火炉跟前去暖和暖和，愿上帝保佑你！"

"别坐，别坐！爸爸回来啦，"两个小孩儿无处不在，他们立刻赶过来嚷嚷说，"躲起来，玛莎，快躲起来！"

这样玛莎便躲了起来，父亲小鲍勃进门来了，除了穗子至少还有三尺长的围巾，垂在他胸前；磨得发亮的衣服已经补好刷过，像个过节的样子；他肩上驮着小蒂姆。说来可怜，小蒂姆拿着个小拐棍，四肢都用铁架子支撑着！

"咦，玛莎到哪儿去啦？"鲍勃·克拉奇朝四周看了看，大声问。

"没来。"克拉奇太太说。

"没有来！"兴高采烈的鲍勃一下子泄了气，他刚从教堂出来，一路上都在让小蒂姆当马骑，连蹦带

---

① "鲍勃"既是办事员的教名罗伯特的简称，在俚语中又是"先令"的叫法。

跳地赶回家，"圣诞节都不回来！"

玛莎不想看到他大失所望，即使是闹着玩儿也不；她提前从躲藏的小橱门后面走出来，扑到了父亲的怀里。两个小孩儿呢，一把接过小蒂姆，把他抬到洗衣间里，让他好听见布丁在大铜锅里嗞嗞响的声音。

克拉奇太太先取笑了一番鲍勃这么容易上当，鲍勃呢，把女儿搂了个痛快。接着，母亲问："小蒂姆乖不乖啊？"

"乖得很，"鲍勃说，"乖得不得了。他独个儿坐了这么久，不知怎么地想起心事来，他想的事情真是奇怪，你从来没有听到过。在回家的路上他告诉我说，他希望别人在教堂里见到他，因为他不能走路，

那也许会使人在圣诞节时想起是谁让瘸腿的乞丐能走路，是谁使瞎子看见东西，①这是会让大家快乐的。"

鲍勃在说这番话的时候，声音有些发抖；在他说到小蒂姆变得更加健壮有力时，他的嗓音抖得更加厉害了。

话刚说出口，就听见小蒂姆的拐杖在地板上咯咯响着，他在哥哥姐姐的护卫下过来了，他们扶他到火炉边的凳子上坐下；鲍勃呢，卷起袖口——可怜的人，他的袖口真是破得不能再破了——来做热饮料，他把杜松子酒和柠檬倒在一个酒壶里，搅了又搅，然后放在火炉搁架上炖，彼得少爷和另外两个无处不在的弟妹去端烤鹅，他们很快就兴高采烈地回来了。

接下来的那阵忙乱啊，你准会以为鹅是最为稀罕的禽鸟了；简直是世间罕见的珍禽，同它相比，黑天鹅也显得平平常常——说真的，在这家人家，它倒是确实有点像黑天鹅。克拉奇太太事先在小平底锅里做好了肉汁，这会儿把它热得嗞嗞直响；彼得少爷使出难以置信的力气把土豆捣得稀烂；贝林达小姐在苹果酱里加糖；玛莎把热的盘子擦干净；鲍勃抱起小蒂姆，把他安置在桌子旁边一个小角落里，紧挨着自己；那一男一女两个孩子给大家端椅子，自然也没有忘记自己，他们爬到座位上守着，把汤匙塞在嘴里，免得在鹅肉分给自己之前大声嚷嚷要吃。最后碗碟总算安排停当，祷词也念过了。接下来克拉奇太太把切肉刀从上到下慢慢看了一遍，准备把它插进鹅胸脯里去，这时候一阵寂静，人人大气也不敢出；等到她一刀切下去，大家期望已久的填在鹅肚子里的食物露了出来，人人都快乐地低声叫喊起来，就连小蒂姆也受到小哥哥姐姐的感染，他兴奋地用刀柄敲着桌子，用微弱的声音

欢呼叫好。

这样的肥鹅真是从来没有见到过。鲍勃说他相信这样出色的烤鹅真是空前绝后。大家异口同声地称赞鹅肉鲜嫩味美，这么大一只鹅，价钱真便宜。再加上苹果酱和土豆泥，这顿饭给全家人享用是足足有余的了；真的，克拉奇太太看了看碟子里剩下的一点儿骨头后，高兴地说大家终究还是没有能够全吃完！不过大家都吃了个痛快，尤其是那几个小家伙，洋苏叶和洋葱都粘到了眉毛上！这会儿，贝林达小姐把盘子换了，克拉奇太太独自走出房间——她太紧张了，不想让人看到——去把布丁拿来端上桌。

万一布丁蒸得不熟呢！万一端出来时候裂开了呢！万一在他们高高兴兴地吃烤鹅的时候有人翻过后院的墙头把布丁偷走了呢——想到这种种可能，两个小的吓得脸都发了白！各种各样的可怕事情都设想到了。

啊哈！大团大团的蒸气！布丁从大铜锅里拿了出来。发出一股洗衣日②的香味！那是布的关系。闻到

---

① 这里指的是耶稣，耶稣使瘸腿的人走路，使瞎子复明的故事出自《圣经·新约》。
② 洗衣日是家庭或公共机构规定的洗涤日，布丁在洗衣用的铜锅里用布包着蒸煮，所以会有那种气味。

这气味，就像饭店和糕饼店并排开着，隔壁又有一家洗衣房似的！这就是布丁！不到半分钟，克拉奇太太就端着布丁进来了，满脸通红，自豪地微笑着。布丁就像一个颜色斑驳的炮弹，又硬又结实，浇了十六分之一品脱的白兰地点了火，上面插着圣诞冬青。

啊，多妙的一只布丁啊！鲍勃·克拉奇说（而且是从容不迫地说），他觉得自从他和克拉奇太太结婚以来，她还从来没有取得这样出色的成就呢。克拉奇太太说，如今她心上一块石头落了地，她得承认她对面粉分量放得足不足有点儿不放心。人人都对此发表了意见，但是没有人提起或者想到对这么一大家子人来说，这个布丁未免太小了一些。那种说法或者想法真有点儿大逆不道的意味了。克拉奇家无论哪个人，只要露出一点儿这样的意思，都会羞愧万分的。

饭终于吃完了，桌布也收拾好了，壁炉前清扫过，炉子里也添了煤。酒壶里的混合饮料经过品尝，结果是好得不能再好，苹果和橙子放到了桌子上，又把满满一铁铲的栗子放到火上去爆。克拉奇家的大大小小围着壁炉坐了下来，照鲍勃·克拉奇的说法是团成一圈，其实只有半圈；在鲍勃·克拉奇手肘子边上是家里的那套玻璃器皿。两只平底玻璃杯和一只没有柄的蛋奶糕焙杯。

不过，用这些器皿来盛酒壶里的热饮料，丝毫不比纯金的高脚酒杯差；鲍勃满面笑容，把酒斟出来，火上的栗子爆得哔哔剥剥直响。接着鲍勃举杯祝酒说：

"亲爱的，祝我们大家圣诞快乐。上帝保佑大家！"

全家人齐声回应。

"上帝保佑我们每个人！"小蒂姆最后一个说。

他紧挨父亲，坐在他那张小凳子上。鲍勃把他干瘪的小手攥在自己巴掌心里，仿佛是表明他疼爱这个孩子，就怕他会被夺走，一心要把他留在自己身边。

"精灵啊，"斯克鲁奇说，他从来没有像现在这样感兴趣过，"告诉我，小蒂姆能不能长大？"

"我看见在那个凄凉的壁炉角落里，"精灵回答，"有一个空座位，还有一支再也没有人用的拐杖被精心保存着。要是这重重暗影不会被'未来'改变的话，这个小孩儿是长不大的。"

"别这样，别这样，"斯克鲁奇说，"啊，好心的精灵啊，别这样！告诉我他会逃过这一劫的。"

"要是这重重暗影不会被'未来'改变的话，我将来的兄弟，"精灵回答说，"没有一个能够在这里再看见他。那又怎样呢？要是他会死，那就让他去死好了，人口过剩，这样还可以少张嘴巴吃饭呢。"

斯克鲁奇听见精灵在引用他说过的话，头低低地耷拉下来，他追悔莫及，满心难受。

"听着，"精灵说，"假如你心里还留着一点儿人性，而不是冥顽不化的话，那么就不要随便乱用那句缺德的套话吧，你先得弄清楚，人口过剩究竟是怎么一回事，究竟在哪里过剩了。什么人该活，什么人该死，难道得由你来决定吗？很可能在苍天的眼里，你会比千百万个像这穷人的小孩儿一样的人更加分文不值，更加不配活在世上。啊，上帝啊！听听树叶上小虫子的话吧，它竟然宣称，它在尘土中挨饿的兄弟数目太多了！"

面对精灵的训斥，斯克鲁奇低下脑袋，浑身发抖，双眼盯着地面。突然他听见有人提到他的名字，便赶紧抬起头来。

"多亏斯克鲁奇先生！"鲍勃说，"我们才有这顿宴席，我提议为斯克鲁奇先生干杯！"

"多亏他才有这顿宴席，真的吗！"克拉奇太太嚷道，她脸色通红，"我巴不得他能到我们家来呢。我要痛痛快快把他数落一顿，让他享用享用，只怕他的胃口吃不消。"

"亲爱的，"鲍勃说，"孩子们听着呢！今天过节。"

"我敢说，只有在圣诞节这天，"她说，"才会有人举杯祝斯克鲁奇先生这样的人健康，他一毛不拔、令人作呕、刻薄成性、冷酷无情。罗伯特，你心中有数，他就是这样的人！说来可怜，没有谁比你了解得更加清楚了！"

"亲爱的，"鲍勃温和地回答，"过节呀。"

"我祝他健康，不是为他，"克拉奇太太说，"而是为你，也因为今天过节的缘故，祝他长寿！圣诞快乐，新年幸福！我毫不怀疑，他是会快乐幸福的！"

孩子们也跟着她举杯祝酒。但一点儿也不起劲，这还是他们第一次显得这样。小蒂姆是最后一个干杯的，不过他完全是应付而已。在这家人眼里，斯克鲁奇就像个妖怪。光是提到他的名字就给宴会投下了阴影，足足有五分钟气氛都很凝重。

在这阵不痛快过去之后，全家人比先前快乐了十倍，因为不用再去提那个邪恶的斯克鲁奇了，大家心情无比轻松。鲍勃·克拉奇告诉他们说他已经替彼得相中了个职位，要是能够成功的话，每个星期足足可以有五先令六便士的进账。两个小的一想到彼得竟然要去学生意，都笑得前仰后合；彼得呢，从两个衬衫领子中间若有所思地望着炉火，仿佛是在用心策划等他收到那笔令人眼花缭乱的进款之后，他该投资到哪里去。玛莎是一家女帽店里可怜的学徒，她告诉大家她干的什么活计，一口气要干多少个钟头，她说明天放假她不用上班，早上她要在床上好好睡个够。她又说几天前她看见一位伯爵夫人和一位勋爵大人，那位勋爵"个头就同彼得一样高"；一听这话，彼得就使劲把衬衫领子往上提，你要是在场的话，准连他的脑袋也看不见了。在整整这段时间里，栗子和酒壶不住地递来递去；过了一会儿，小蒂姆给大家唱了一支歌，歌唱的是个小孩儿在大雪中迷了路，小蒂姆的声音不大，但却哀婉动人，唱得确实非常好。

这一切之中并没有什么高水准

的东西。这一家子算不上有钱；他们穿着并不考究；鞋子根本不防水；衣服也没有几件；彼得对当铺里面也许并不陌生，他很可能是那里的常客。但大家都很快乐，个个心怀感恩的心情，彼此友爱相处，对眼前的一切很知足；分手的时间到了，在精灵火炬明亮的闪烁中，他们逐渐暗淡下去，然而却显得更加快乐，斯克鲁奇眼睛紧紧盯着他们，特别是小蒂姆，直到看不见为止。

这时候天色渐渐暗了下来，雪下得很大；斯克鲁奇和精灵在街上走着，各家厨房、客厅和其他各种各样的房间里炉火熊熊，一片明亮，真是妙不可言。这儿呢，亮闪闪的火光中人们正在准备一顿丰盛的晚餐，热盘子在炉火上烘了又烘，深红色的窗帘随时可以拉起来，挡住外面的寒气和黑暗。那儿呢，家里的小孩儿都跑了出来，在大雪中迎接已经成家的姐姐、哥哥、表兄表姐、叔叔阿姨回来，抢在前面向他们贺节。这里，可以看见百叶窗上映着许多客人的影子；那里，是一群漂亮的姑娘，全都头戴风帽，脚登毛皮靴子，喊喊喳喳说个不停，迈着轻快的步子，走到邻居家里去；哎，可怜的是那些眼巴巴看着她们那些红扑扑的面孔的单身汉——这些鬼灵精啊，她们知道有人在一边看着呢！

出门去同亲友相聚的人真多，要是按照路上的人数来看，你准会纳闷，等这些人到了目的地，还会有谁在家里接待他们呢？相反，家家都在等客人，把壁炉里的火烧得足足有半个烟囱高。精灵祝福着这一切，它多高兴啊！它敞开了自己宽阔的胸怀，张开了大大的巴掌，一路凌空而行，它慷慨的手将明亮而无害的欢乐大把大把地撒向所能触及的一切！那个点路灯的人跑在前面，使昏暗的街道上亮起星星点点的灯光，他穿戴得整整齐齐，

说明今晚他也要去哪儿过节，精灵经过时，他哈哈大笑，不过这个点路灯的根本不会知道，圣诞节他还有个同伴呢。

精灵根本没有打招呼。这会儿，他们来到一片不见人烟的凄凉的荒原之中，这地方四处散落着嶙峋的巨石，仿佛是巨人的葬身之地；水任意地四处流淌；只是有些地方封冻限制了它的流动；地上生长的只有苔藓和荆豆，还有茂密的杂草。夕阳在西边的天空中留下一道火红的晚霞，短短一会儿，这道光芒就像一只忧郁的眼睛，照耀着这片荒原，接着便皱起眉头往下沉去，它越来越低，越来越低，最后消失在重重的夜色之中。

"这是什么地方啊？"斯克鲁奇问。

"是矿工生活的地方，"精灵回答，"他们在地壳深处劳动。可是他们都认识我。瞧吧！"

亮光从一个茅屋的窗户里射出来，他们飞快地朝那儿赶去。他们穿过泥土和石头砌成的墙，看见一群人快快乐乐地聚集在熊熊的炉火边。一对年纪很老很老的夫妇，同他们的儿女以及孙子孙女，还有曾

孙那一代，都穿着色彩鲜艳的过节的衣服。老人正在给大家唱一首圣诞歌曲，他的声音时时被荒原上怒号的风声所淹没；这首歌很老了，还是他小时候唱的；大家时不时跟着一起唱起来。因此，在他们放大嗓门时，老人一定十分快乐，声音也大了；而在别人住口时，他的劲头肯定也就低了下来。

精灵没有在这儿停留多久，而是叫斯克鲁奇抓住它的袍子，从荒原上空飞过，匆匆赶往何处呢？不是到海上去吧？正是去海上。斯克鲁奇回头一望，只见陆地逐渐消失，那一片嶙峋的岩石已经落在身后，不觉大为惊骇；波涛汹涌，声如滚雷，把他的耳朵都快震聋了，海水猛烈地拍击遭它侵蚀而成的可怕洞穴，还想把土地冲刷下来。

离岸一里格①左右有个沉没在水中的岩石形成的冷清的暗礁，一年到头汹涌的海水不住地冲刷着它，在暗礁上孤零零地建造了一座灯塔。灯塔的基部纠结着大团的海草，风暴鸟②——有人以为它们生自风暴，就像海草生自海水那样——绕着它飞上飞下，就像它们掠过的波浪那样。

但就在这个地方，两个守望灯塔的人也生了个火，火光从厚厚的石墙上的观察孔里射出来，一道光明映照到阴森森的海面上。他们坐在一张粗糙的桌子边上，伸出长满老茧的手握了握，又举起罐子里的格洛格酒③互相祝贺圣诞快乐；其中的一位——年纪大的那个，日晒雨淋，脸上满是疤痕，完全变了形，就像是老船船首上的雕像那样——唱起一首刚烈的歌儿来，歌声就像大风那样雄壮。

精灵又掠过波涛汹涌的乌黑的海面，匆匆往前赶去——一直往前，往前——最后，它告诉斯克鲁奇，他们已经远离陆地，来到了一艘船上。他们站到操纵舵轮的舵手身边，站到在船头瞭望的水手身边，站到正在值班的高级船员身边；这些黑黢黢的朦胧身影站在各自的岗位上；但每个人不是在低声哼唱着圣诞歌曲，就是想着圣诞节的事情，或者屏着声息对同伴讲述过去某个圣诞节的事，言谈中充满着回家的希望。在那一天，船上的每一个人，无论是睡是醒，无论是好是坏，都会以比平常任何时候更友好的态度问候自己的同伴；以某种方式来分享节日的欢乐；怀念自己在远方的亲人，并且知道那些人也会思念他。

斯克鲁奇听着风在耳边呼啸，心中想，穿过这寂寞的黑暗，飞越这个未知的深渊（它深处掩藏的种种秘密就像死亡那样深沉），这是一件多么严肃的事儿；就在他这样想的时候，忽然听到有人在放声大笑，不觉大吃一惊。使斯克鲁奇更加吃惊的是，他听出这阵笑声竟然是他的外甥发出的，他发现自己来到了一个光亮、干爽、灯火通明的房间里，精灵笑眯眯地站在他身旁，望着他那位外甥，脸上满是表示赞赏的亲

---

① 一里格相当于三海里或五公里。
② 即海燕。
③ 格洛格酒用朗姆酒或威士忌兑水而成。

切神情。

"哈哈！"斯克鲁奇的外甥大笑着。"哈哈哈！"

假如你有机会——这种事情千载难逢——认识哪个人，笑起来比斯克鲁奇的外甥更加开怀，我只是想说，我也很想认识认识他。把他介绍给我，我会跟他交个朋友的。

世事的安排，真是不偏不倚、公平合理的呀，疾病和忧愁固然会传染，但世界上感染力最强、最令人无法抗拒的就要数笑声和快乐的心情了。斯克鲁奇的外甥哈哈大笑着，他捧着肚皮，摇晃着脑袋，把脸扭曲得怪模怪样。这时候，他的妻子，斯克鲁奇的外甥媳妇，也一起哈哈大笑。而聚集在房里的朋友呢，一个个也不甘人后，一起纵声大笑。

"哈哈！哈哈哈！"

"真是想不到，他竟然说圣诞节是胡扯淡！"斯克鲁奇的外甥嚷嚷说，"他还真的相信这句话！"

"弗雷德，那他就更丢脸！"斯克鲁奇的外甥媳妇气鼓鼓地说。上帝保佑那些女人！她们做事从来不会半途而废。她们总是很认真的。

她很漂亮，漂亮极了。她五官极其端正，脸上长着酒窝，带着惊异的神色；那张丰满的小嘴仿佛天生就是给人吻的——这一点是毫无疑问的；她下巴上有着各种各样的小酒窝，开口一笑这些酒窝就融合在一起；这个小人儿的一双眼睛里荡漾着最灿烂的笑意。总而言之，你会说她这样的女子逗得人心荡神移，不错；不过也很讨人喜欢。啊，讨人喜欢得很！

"他这个老头儿真是滑稽，"斯克鲁奇的外甥说，"千真万确；他其实满可以不这样讨嫌的呀。不过，他那样子的结果只会是自作自受，我不想再去多责怪他了。"

"弗雷德，他一定很有钱吧，"斯克鲁奇的外甥媳妇说，"反正你老是跟我这样说的。"

"亲爱的，那又怎样呢？"斯克鲁奇的外甥说，"他的钱对他没有一点儿用处。他从来没有用他的钱做过一点儿好事。他也没有花钱让自己过得舒服一些。要是他能够想到给我们帮帮忙——哈哈——他心里没准还会快活些，可是他连这点儿乐趣都没福消受。"

"这个人真叫我受不了。"斯克鲁奇的外甥媳妇说。她的姐妹以及其他所有的女士都一致赞成。

"啊，我受得了！"斯克鲁奇的外甥说，"我有些可怜他；即使想要生他的气也生不起来。他这种坏脾气究竟害了谁呢？害的总是他自己。他心里讨厌我们，不肯来我们这儿吃饭。结果怎样呢？他少吃了一顿饭，也没有什么了不起呀。"

"说真的，我想他少吃了一顿非常出色的晚餐。"斯克鲁奇的外甥媳妇插嘴说。大家都七嘴八舌地发表相同的意见，应该说在座的都很有资格做出这样的判断，因为大家刚刚用过晚餐。这会儿，饭后的甜食还在桌上，大家在灯光下围着炉火坐着。

"嗯，大家都这样说，我很高兴，"斯克鲁奇的外甥说，"因为对这些年轻的管家婆我是不大信得过的。你觉得怎样，托珀？"

托珀显然看上了斯克鲁奇外甥媳妇的一个妹妹，因为他回答说单身汉没人怜惜没人管，没有资格在这种问题上说三道四。斯克鲁奇外甥媳妇的妹妹呢——穿着花边抵肩的胖胖的那位，不是戴玫瑰花的那个——脸红了。

"说下去呀，弗雷德，"斯克鲁奇的外甥媳妇拍着巴掌说，"他说话老是半吊子，从来不说完的！真是好笑！"

斯克鲁奇的外甥又哈哈大笑起来，尽管那个胖妹妹嗅着香醋拼命想要忍住，但还是没法不让这笑声传染开来，结果又是一阵哄堂大笑。

"我刚要说的是，"斯克鲁奇的外甥说，"他心里讨厌我们，不肯同我们一起玩儿，结果呢，他错过了一些欢乐的时刻，这其实对他一点儿坏处都没有。我还相信，他也失去了一些朋友，他在他那个发霉的旧办公室或者灰蒙蒙的卧室里，连想都想不到还会有这样让人开心的朋友的。无论他高兴不高兴，我每年都要给他这么一个机会，因为我可怜他。也许一直到老死，他都会咒骂圣诞节，但要是我年复一年都高高兴兴地去他那儿，对他说'斯克鲁奇舅舅，你好啊！'激激他，他对圣诞节的看法总不会一成不变的。只要能使他想到留个五十镑钱给他那个可怜的伙计，那就成了；我想我昨天已经使他有所触动了。"

他居然说使斯克鲁奇有所触动，这下轮到别人哈哈大笑了。不过，他兴致勃勃，并不怎么在乎别人笑的是什么，

因此大家尽情地笑着，他在一边加油鼓劲儿，并且快活地把酒瓶递过去。

在喝茶之后来了点儿音乐。因为这家人都爱好音乐，我敢保证，他们在唱三重唱或者轮唱的时候是很在行的：尤其是托珀，他能够像个出色的歌手那样唱出雄浑的低音来，一点儿也不会脸红脖子粗，额头上不会青筋毕露。斯克鲁奇的外甥媳妇竖琴弹得很好；她演奏了好些曲子，其中有首简单的小曲（简直算不了什么，你两分钟里就会用口哨吹出来），就是把斯克鲁奇从寄宿学校接回家的那个女孩儿熟悉的，前一夜"过去的圣诞节精灵"使他想起了这件事。这首曲子一响起，那个精灵领他看的事情又一一涌上心头；他越来越感动；心想要是多年以前他可以经常听到这首曲子的话，那么他很可能为了自己的幸福，亲自用双手来培育对生活的热爱，而不必求埋葬雅可布·马利的教堂司事的铁铲来帮忙了。

不过他们并没有把整个夜晚都花在音乐上。过了一会儿，他们玩起罚物游戏来；因为有时候再做做

小孩子是很不错的，尤其是在圣诞节的时候，这个节日的伟大创始人本身就是个孩子呀。等一下！首先是玩捉迷藏。自然是这样。我相信托珀并没有真的把眼睛蒙实，正如他靴子上没有长眼睛一样。依我看，这一切都是他和斯克鲁奇的外甥事先串通好的；"当今的圣诞节精灵"对此也心中有数。托珀追赶穿花边抵肩的那个胖妹妹的样子，简直是对人性中信任的粗暴的践踏。无论她逃到哪儿，他就追到哪儿，踢翻了火钳，绊倒了椅子，撞到钢琴上，缠到窗帘里透不过气来！他总知道胖妹妹躲在哪儿。别的人他一个不捉。要是你故意撞到他面前（他们当中有人就这样干过），他会装成要把你抓住的样子，把你当傻子捉弄一番，随手再侧过身子往胖妹妹那边追。胖妹妹呢，经常嚷嚷这不公平；的确是不公平。最后，他把她抓住了；尽管她的丝绸衣裙嗦嗦响，尽管她激动地快速从他身旁溜过，他还是把她逼到了墙角，她无路可逃了，这时候，他的举动简直恶劣透顶。因为他假装不知道抓的是谁；偏要去摸摸她头上戴的东西，为了让自己放心没有弄错人，还把一只什么戒指套到她指头上，再把一条什么链子缠到她脖子上，这些举动，简直是瞎胡闹，荒谬绝伦！在另一个人蒙起眼睛做瞎子时，他们俩亲亲密密地藏到了窗帘后面，毫无疑问，她一定把自己对这事的想法对他说了。

斯克鲁奇的外甥媳妇没有参加捉迷藏的游戏，而是舒舒服服地坐在一张大椅子上，脚搁在凳子上，她待在一个安逸的角落里，精灵和斯克鲁奇就站在她身后。罚物游戏她参加了，把"我爱我所爱"用得呱呱叫，二十六个字母全用上了。①同样，在"怎样、何时、何地"的问答游戏中，她也

是一把好手，几个姐妹虽然也十分精明（这一点托珀可以作证），但完全不是她的对手，斯克鲁奇的外甥心中自然暗暗高兴。在场的老老少少大概总有二十个人，大家都参加了，斯克鲁奇也不例外；因为他对眼前的一切太感兴趣了，完全忘记别人是根本听不见他的声音的，有时候他把自己猜的答案大声嚷嚷出来，常常还猜对了；因为就连最锐利的针，针眼保证不会断的"怀特却珀尔"牌针也赶不上斯克鲁奇那样敏锐；他还以为自己的脑袋很迟钝呢。

精灵看到他这样起劲，不觉大为高兴，它看他的神情宠爱有加，这使斯克鲁奇像个小孩儿一样恳求起来，说是让他待到客人散了再走。但精灵说这是不行的。

"又在玩新的游戏了，"斯克鲁奇说，"只要半个钟头，精灵啊，就半个钟头！"

这个游戏叫作"是与不是"，斯克鲁奇的外甥先在心里想一件事，别的人则来猜他想的究竟是什么；他对别人的问题只能据实回答"是"

---

① 在这种游戏中，参加者说"我爱我所爱的有一个 A 字，因为他（她）……"，在……中填入以 A 开头的词儿，以此类推，接着说 B、C、D……等等，说不出者受罚。

或者"不是"。一连串的问题劈头盖脸地向他轰来，他想的是个动物，一个活着的动物，有些讨人嫌的动物，蛮不讲理的动物，这个动物有时候咆哮，有时候哼哼，有时候又说话，这个动物住在伦敦，在街上行走，并不曾公开展出过，也没有被人牵住鼻子走，既不是生活在兽栏里，也从没有在市场上宰杀过，既不是马，也不是驴子、母牛或者公牛，既不是老虎，也不是狗、猪、猫或者熊。每当有人提出一个新问题，这位外甥总是哈哈大笑；他乐得实在撑不住了，只好从沙发上站起身来，笑得直跺脚。胖妹妹也处在同样的状态之中，最后她嚷道：

"我猜出来了！弗雷德，我猜到了！我猜到了！"

"那是什么呀？"弗雷德问。

"是你舅舅斯克鲁奇！"

自然是猜对了。大家一致表示佩服，不过也有人抗议说对"是不是熊？"这个问题应该回答"是"；①他的回答"不是"有误导之嫌，即使有人联想到斯克鲁奇先生身上，思路也打断了。

"我确信，他给我们大家带来了许多欢乐，"弗雷德说，"要是不举杯祝他身体健康，那就未免有点忘恩负义了。大家手边都有一杯热酒；来，'祝斯克鲁奇舅舅身体健康！'"

"啊！祝斯克鲁奇舅舅身体健康！"大家嚷道。

"无论这个老头儿怎么样，祝他圣诞快乐，新年幸福！"斯克鲁奇的外甥说，"他是不会接受我的祝酒的，尽管如此，我还是希望他能够接受下来。祝斯克鲁奇舅舅身体健康！"

斯克鲁奇舅舅的心情在不知不觉中变得无比的轻松愉快，他本来是想回敬这些并不知道他在一边的人，用他们听不见的声音表示感谢的，可惜精灵没有给他时间。他外甥最后一句话刚刚出口，方才那个场景一下子不见了；精灵又带着他上路了。

他们看见了很多事情，走了很远的路，访问了许多人家，无论在哪里，结局都很美好。精灵站到病床边，病人们都快乐起来；它来到异乡客地，那里的人立刻觉得家乡近在眼前；来到正在拼搏的人身边，他们为实现远大的理想更加坚忍不拔；来到穷人身边，他们仿佛富有起来。在救济院、医院和监狱里，在苦难藏身的每一个地方，只要那些妄自尊大的暂时掌握权力的人没有把门闩紧，不让精灵进去，它都会留下自己的祝福，把自己的规矩教给斯克鲁奇。

如果说这只是一个夜晚的话，那么这个夜晚是够长的了；但斯克鲁奇对此有些怀疑，因为整个圣诞节假期仿佛压缩到他们在一起度过的时间之内了。还有一件奇怪的事，那就是在这段时间之内，斯克鲁奇的外貌并没有什么变化，而精灵却明显地越来越老，越来越老了。斯克鲁奇早已觉察出这一变化，但一

---

① "熊"的英文词 bear 又可解释为"粗鲁的人，脾气坏的人"。

直没有作声。等到他们离开了一个儿童的主显节晚会，一起站在露天时，斯克鲁奇望着精灵，发现它的头发已经白了。

"精灵的寿命竟然这样短吗？"斯克鲁奇问。

"我在这个星球上的寿命很短，"精灵回答，"今天夜里就要结束了。"

"今天夜里！"斯克鲁奇大声说。

"午夜十二点。注意！时间就要到了。"

这时候，钟声响了，敲的是十一点三刻。

"对不起，不知我能不能问这样一个问题，"斯克鲁奇全神贯注地望着精灵的袍子，说道，"我看见在您袍子下摆那里鼓起一个奇怪的东西，那显然并不是您身上的。那是脚呢还是爪子？"

"很可能是爪子吧，因为那上面有肉，"精灵忧伤地回答，"瞧吧。"

它从袍子的褶裥里拉出两个小孩儿来；这两个孩子凄惨、猥琐、可怕、丑陋、可怜。他们跪在精灵的脚下，紧紧抓住它的袍子外面。

"喂，老兄！瞧吧！瞧，低下头来，瞧吧！"精灵大声说。

两个孩子一男一女。他们面黄肌瘦、衣衫褴褛、紧绷着脸，像饿狼一样；但也卑躬屈膝地匍匐在地上。他们的面容原本应该青春焕发，红扑扑地充满朝气，但如今却不像样子，仿佛被一只枯槁干瘪的老人的手又捏又掐，扯成了碎片。原本是天使端坐受人敬仰的地方却隐藏着魔鬼，它们恶狠狠地朝外面瞪眼。自从上帝创造万物以来，不知有多少神秘的事情，然而，无论人类发生了什么变化，变得多么堕落，多么反常，都远远比不上这种怪物那样可怕，那样骇人听闻。

斯克鲁奇吓得直往后退。精灵把这两个孩子展现在他的面前，他极力想说他们很是不错，但话哽在喉咙口就是说不出来，这本来就是个弥天大谎啊。

"精灵啊！他们是您的孩子吗？"斯克鲁奇问了这句话后再也说不出什么了。

"他们是人类的孩子，"精灵低头看着他们，回答说，"他们从父亲那边跑过来向我申诉，紧跟在我的身后。这个男孩儿叫'无知'，女孩儿叫'匮乏'。小心提防他们两个，以及他们所有的同类，尤其要提防这个男孩儿，因为我看见他的额头上写着'毁灭'两个字，这两个字不抹掉是不能让人安心的。否认它吧！"精灵把手朝城市伸过去，大声说道，"咒骂那些对你提到它的人吧！为了你那小派别的利益接受它，那就更加糟糕！等着结果吧！"

"那就没有收容他们的地方或者法子吗？"斯克鲁奇喊道。

"难道监狱都没有了？"精灵说，最后一次用他的话来刺他，"联合济贫院没有了？"

钟敲了十二点。

斯克鲁奇朝精灵掉转头去，可是什么也没有看见。当最后一声钟响的余音消失时，他想起了老雅可布·马利的预言，他抬起头，看到一个披着衣服，蒙住头的庄严的幻影，就像一阵轻雾掠过地面，朝他飞过来。

第四节
最后一位精灵

　　幻影不出一声，缓慢而庄重地过来了。等它来到跟前，斯克鲁奇双膝一软，跪了下来；精灵是凌空而来的，一路上，它似乎散布出阴郁而神秘的气息。

　　它周身披着一件深黑色的外衣，外衣把头、脸和身子都严严实实地遮住了，唯一可以看见的就是有一只手伸在外面。幸亏有这只手，要不然就很难从夜色中辨出它的身影，把它和周围的一片黑暗区分开来。

　　在精灵走到斯克鲁奇身边时，他觉得它个子高大威严，它神秘的现身使他极其敬畏。别的他就不知道了，因为它既不开口说话，也没有什么动作。

　　"请问这一位就是'未来的圣诞节的精灵'吧？"斯克鲁奇说。

　　精灵没有回答，只是伸手朝前面指了指。

　　"您是要让我看目前尚未发生，但将来会发生的事情的影子，"斯克鲁奇继续问，"对吗，精灵？"

　　外衣上半部分的褶痕刹那间皱了一皱，精灵仿佛在点头。除此之外，他没有得到别的回答。

　　尽管这时候斯克鲁奇已经习惯于跟在精灵身后，但这个精灵不作一声，却使他大为惊骇，就在他准备要跟它走的时候，他只觉得两条腿直发抖，几乎站不稳了。精灵看见他这个样子，便停住脚步，让他恢复过来。

　　但这一来斯克鲁奇变得更害怕了。他知道，在这件裹尸布一样的灰蒙蒙的外衣下面，精灵两只眼睛正全神贯注地看着他，而他呢，尽管极力睁大眼睛仔细观看，看到的却只是一只若隐若现的手和一大堆黑漆漆的东西。他寒毛直竖，心中感到一阵模糊的、说不清道不明的恐惧。

"未来的精灵啊！"他大声叫道，"您比我见过的其他精灵更叫我害怕。不过，我知道您是为我好，我希望痛改前非，重新做人，我准备好了跟您走，并且以感恩的心情跟着您。您能不能开口跟我说话呢？"

精灵没有回答。它的手直指前面。

"带路吧！"斯克鲁奇说，"带路吧！夜晚很快就要过去，我知道，时间对我很宝贵呀。精灵啊，带路吧！"

幻影就像先前朝他接近时那样飘走了。斯克鲁奇跟在它的衣服的影子里。他觉得，精灵的衣服将他卷了起来，裹着他一路往前。

仿佛并不是他们进了伦敦城；而是伦敦城突然跳了出来，一下子把他们团团围住了。反正他们来到了市中心；混在交易所里的商人中间；商人们来来去去，把口袋里的钱币颠得叮当叮当响。他们三三两两地交谈着，望着表，又若有所思地玩弄大的金图章；诸如此类的事情，是斯克鲁奇经常看到的。

精灵在几个商人身旁停了下来。斯克鲁奇看见精灵手指着这几个人，便走过去听他们在说些什么。

"不，"有个下巴极大的大胖子说，"我也不大清楚。只听说他死了。"

"什么时候死的？"另一个人问。

"大概是昨天夜里吧。"

"啊，他怎么啦？"又一个人说，一边从一个极大的鼻烟盒里掏出一大撮鼻烟，"我还以为他是长生不老的呢。"

"天知道。"第一个打了个呵欠，说道。

"他那些钱怎样处置的呢？"一位红脸的先生问，他的鼻尖下面长了个瘤，就像雄火鸡下颚上的垂肉一样挂在那儿晃动着。

"这倒没有听说，"大下巴的那个人又打了个呵欠，说道，"大概留给他的公司了吧。反正他没有留给我，我知道的只有这一点。"

这句俏皮话引得大家哈哈一笑。

"葬礼大概花不了几个钱，"那个人又说，"真的，我还没听说有谁会去送葬。哎，要不我们凑上几个人，去一趟怎么样？"

"要是有午饭吃，我倒是无所谓，"鼻子下面长瘤的那位说，"要我参加，非得管饭不可。"

又是一阵哄笑。

"哎，说来说去，在这些人当中，就数我最没有私心了，"第一个说话的人说，"因为我从来不戴黑手套，我也从来不吃午饭。只要有人肯去，我也愿意去。回过头来再想一想，恐怕我还勉强算得上是他最熟悉的朋友呢；因为每当我们见面时，总会停住脚步说几句话。再见了，诸位！"

说话的和听话的人都散开了，加入到别的人群当中去。斯克鲁奇认识那些人，他望着精灵，希望它解释一下这究竟是怎么回事。

幻影飘到了街上。它指着两个半路相遇的人。斯克鲁奇心想很可能在这里找到答案，便又认真倾听起来。

这两个人他也十分熟悉。两个都是商人，都很有钱，地位也很高。他以前一直极力让他们看得起自己：这就是说，在生意场上；严格地在生意场上。

"您好啊！"一位说。

"您好！"另一位回答。

"喂，"第一位说，"那个老刮皮终于完蛋啦，嗯？"

"我也听说了，"第二位回答，"天真冷，是吗？"

"圣诞节前后该这样冷啊。您不会溜冰，对吗？"

"不会，不会。没时间想这种事情啊。再见！"

没有再说别的什么话。他们就这样见面、交谈，然后又分手了。

斯克鲁奇起初颇有些奇怪，想不到这个精灵怎么会这样重视这些无关紧要的交谈；不过，转而一想，他深信这里面肯定有文章，于是便认真考虑一下这究竟是怎么回事。这些话不大可能同他的老搭档雅可布有关，因为那早已是"过去"的事情，而这个精灵管的是"将来"。他也想不出把这些话用到其他哪个和他接近的人身上。不过，无可置疑的是，无论用到什么人身上，这些交谈当中都包含深意，有助于他好好做人，他决心要郑重对待他听到的每一个字，他看到的每一件事，尤其在自己的影子出现时要注意观察。因为他希望自己未来的一言一行会向他提供他错过的答案，能够帮助他解开这些谜。

他就在那个地方四处张望，想要找出自己的身影来；但另外一个人站在他常待的那个角落里，尽管时钟表明每天这个时间他应该在那儿；然而在穿过门廊走进来的许多人当中，他却瞧不见自己的身影。不过，他对此倒并不觉得有多奇怪，因为他心中已经反复考虑了要开始一种新的生活，他希望看到自己新近做出的决定能在这里得到实现。

暗黑的幻影伸出手，默不作声地站在他身边。他一心沉浸在自己的求索之中，当他猛然警觉时，那只手转了转，由于它就站在他身旁，他仿佛觉得那只看不见的眼睛正紧紧盯住他。这使他浑身发冷，颤抖起来。

他们离开了那个热闹的场所，来到城里一个偏僻的地段，斯克鲁奇以前从来没有到这里来过，不过这地段的位置和它糟糕的名声他是知道的。街道肮脏狭窄；店铺和住房破破烂烂；人们衣不蔽体，醉醺醺的，又脏又丑。一条条小巷和拱道就像无数个污水池，把难闻的气味、垃圾和生活中种种丑恶的现象排放到弯弯曲曲的街道上；整个地段散发出罪恶、污秽和苦难的气息。

在这个臭名昭著的地区的深处，一间坡屋屋顶下面开了个门面凸出的低矮的铺子，收购破铜烂铁、旧衣破布、瓶子、骨头和油腻的下脚料。店里地板上堆满了锈迹斑斑的钥匙、铁钉、铁链、铰链、锉刀、磅秤、砝码和各种各样的废铁。在堆积如山的难看的破布头中，在一团团腐臭的油脂和堆得像坟墓一样的骨头中，孕育和隐藏着各种各样的秘密，没什么人愿意去一探究竟。一个白发老头儿，将近七十岁了，坐在他买卖的东西中间，他身旁有个旧砖头砌的炭炉子；为了遮蔽外面吹来的冷风，他在绳子上挂了张用五颜六色的破布拼起来的邋遢的门帘；他就坐在这个安逸的角落里，与世无争地抽着烟斗。

斯克鲁奇和幻影来到这个人跟前时，恰好有个女人提着沉重的包袱偷偷摸摸地走进店堂。她刚跨进门，又有一个同样提着包袱的女人走了进来。紧接着，又有个身穿褪色的黑衣服的男人跟了进来。他一看见先来的人，不觉大吃一惊。而先来的两个呢，彼此见面时也是一样的吃惊。大家目瞪口呆了一会儿，连那个抽烟斗的老头儿也不例外，接着，三个人突然哈哈大笑起来。

"打杂的头一个到！"第一个来的女人嚷道，"洗衣服的第二个；办丧事的第三个到。喂，老乔，真是巧呀！我们三个倒像是约好了似的，一起来了呢！"

"你们在这地方碰头，真是再好不过的了，"老乔把烟斗从嘴上拿下来，说道，"到客厅里来吧。你早就是熟客了，对吧；另两位呢，也不是生人。等一下，我先把门关上。啊！这门咯吱咯吱响啊！我看，这屋子里的东西没有一件像门上的铰链锈得那么厉害的。我相信，没有哪块骨头比我的骨头更加老了。哈哈！咱们干自己这行都是天造地设，再没有更加相配的了。到客厅里去。到客厅里去吧。"

所谓客厅，也就是破布帘子后面的一块地方。老头子用一根旧的楼梯毯棍把火拨弄拨弄，再用烟斗柄把冒烟的灯芯剔剔亮（因为这时已是夜间），然后又把烟斗含到嘴里。

就在他做这些事的时候，方才说话的那个女人把包裹扔在地上，神气活现地朝凳子上一坐；她双手交叉，胳臂肘放在膝上，以一种天不怕地不怕的神色望着另外那两位。

"这又有什么要紧？狄尔伯太太，有什么要紧？"这个女人说，"每个人都有权给自己谋点好处。他那个人一向就是这样的。"

"这话真是一点儿也不错！"洗衣工说，"他最会给自己谋好处了。"

"哎，那么，别站在那里干瞪眼，像是害怕了呀，老妹子！有谁会知道这事呢？我看，我们总不至于互相捅娄子拆台吧？"

"当然不啦！"狄尔伯太太和那个男人异口同声地说，"没人希望那样。"

"好极了！"那个女人大声说，"那就够啦。少掉这样几件东西，谁会觉得受不了呢？我看一个死人是不会的，对吗？"

"当然不会。"狄尔伯太太哈哈一笑说。

"要是那个缺德的老吝啬鬼想要在死后留住这些东西，"那个女人继续说，"他生前干吗一点儿人情味都没有呢？要是他当初不那么斤斤计较，那么在死神光顾他的时候，也会有人在他身边来照应他呀，他就不会孤零零地躺在床上咽气了。"

"这话再有道理没有了，"狄尔伯太太说，"这对他是报应。"

"巴不得报应更加狠一些才好，"另一个女人回答，"你们听着，假如我能够拿到别的什么的话，我是不会让他只有这点儿报应的。老乔啊，把那个包袱打开，给我开个价，爽爽快快地说出来。我不怕做头一个，也不怕他们两个瞧见。我相信，我们心里都有数，在我们到这里来之前，都各自动了手。这根本算不上有什么罪过。乔，打开包袱呀。"

不过她另两位朋友侠肝义胆，不肯让她抢先。身穿褪色黑衣服的男子挺身而出，把他搞到手的东西亮了出来。东西不算多：一两枚图章、一个铅笔盒子、一副袖扣、一个不值多少钱的胸针，就这些东西。老乔把这些东西一一仔细地估了价，并且用粉笔在墙壁上把他开的价码逐一写出，在写完之后再把它们相加起来。

"你的就是这个数，"乔说，"一个子儿也不能加了，哪怕要我的命也不成。下一个轮到谁？"

下一个轮到狄尔伯太太。她的东西包括床单和毛巾、几件衣服、两把老式的茶匙、一把夹方糖用的钳子、几双靴子。她的账也同样写到了墙壁上。

"我对女士总是给得太多。我就有这个毛病，结果弄得自己都要破产了，"老乔说，"你是这个数。要是你想再加一个子儿，并且公开提出来，我就会懊悔自己太慷慨，还要砍下半个克朗来了。"

"乔，现在来把我的包袱打开吧。"第一个进来的女人说。

乔为了方便，跪下身来。他解开了许许多多的结，拉出来重重一大卷黑乎乎的东西。

"你把这叫作什么呀？"乔说，"是床上的帐子？"

"啊！"那个女人回答，哈哈大笑，双臂交叉着，身子直往前伏，"帐子！"

"他还躺在床上呢，你真的下得了手，把帐子连铜圈什么的一股脑儿扯下来了吗？"乔说。

"对啊，是我扯的，"那女人回答，"干吗下不了手呢？"

"你天生就是发财的料，"乔说，"将来肯定会发财。"

"乔，我跟你说，只要我伸手够得着的东西，我才不会为了他那样一个人，手往后缩呢，"那个女人冷静地说，"喂，别把那些油滴到毯子上去啊。"

"是他的毯子吗？"乔问。

"不是他的，还有谁的？"那女人说，"我敢打赌，他没有这条毯子也不会着凉的。"

"我希望他不是得了什么传染病死的，嗯？"老乔停住手里的事，抬头问。

"那一点你不用怕，"那女人回

答说，"假如他有传染病的话，我才不会为了这点儿东西，陪在他身边，在他那儿转呢。啊！这件衬衫你仔细瞧一瞧，瞧得眼睛发酸，你也找不到一个破洞或者露线的地方。这是他最好的一件，质量呱呱叫。多亏有我，要不这些东西不全都糟蹋了吗？"

"怎么会糟蹋了？"老乔问。

"当然是让他穿在身上一起埋掉呀，"那个女人哈哈一笑回答说，"不知哪个傻瓜给他穿上了，不过我又给他剥了下来。有块白布还不够吗？那是最派用场的了。对那具尸首再合适不过了。他蒙白布并不比穿衬衫更丑。"

这番交谈让斯克鲁奇听得毛骨悚然。在老头儿那盏昏暗的灯光下，这几个人围着他们偷来的东西坐成一圈。他深恶痛绝地望着他们，即使他们是几个贩卖尸体的恶魔，他也不见得会更加厌恶的。

"哈哈！"老乔拿来一个装钱的绒布袋子，把各人应得的一份钱放在地上。那女人又是一阵大笑。"瞧，事情这不就完了！他活着的时候把别人吓得离他远远的，死后却便宜了我们！哈哈哈！"

"精灵啊！"斯克鲁奇浑身上下索索发抖，"我明白了，我明白了。这个倒霉的人很可能就会是我。我眼前的生活走的就是这条路。仁慈的老天呀，这又是什么？"

他吓得直往后退，因为场景又变了，这会儿他几乎摸到了一张床，床上没挂帐子，没有铺垫，一条破破烂烂的床单盖住了个什么东西，尽管这东西一言不发，但却以一种可怕的语言告诉别人自己是怎么回事。

斯克鲁奇心中一阵冲动，想要弄清这个房间到底怎么样。但房间很暗，暗得什么也看不清楚。外面空中升起一道惨白的亮光，直接照到了床上，床上躺着的就是这个人的尸体，它遭人劫掠，被人遗弃，没有人守灵，没有人哭泣，没有人照应。

斯克鲁奇朝幻影望了望。它的手坚定地指着那个脑袋。那条床单随随便便地蒙着，只要斯克鲁奇的指头动一动，轻轻一掀，那张脸就会露出来。他想了想，觉得要这样做实在太容易了，他也很想要看一眼；但是，他却没有力气去把布掀开，正如他无力把精灵从自己身边赶走一样。

啊，冷酷无情、可怕的死神啊，你把你的祭坛设在这儿，并且以各种恐怖的方式把它任意装饰起来，因为这是你的领地呀！但是，对那些让人爱，受人尊崇，被人敬重的人，你却没法动他一根头发来达到自己可怕的目的，也没法使他的五官变得丑陋可憎。这并不是因为他那只手很沉重，你一松手就会往下掉；也不是因为他的心脏和脉搏已经停止了跳动；而是因为他那只手大方、慷慨而且真诚；他的心灵勇敢、热情而且温柔；他的脉搏中充满了人性。打击吧，鬼影，打击吧！他做的好事会从伤口里涌现出来，在这个世界上播下不朽的生命！

并没有谁在斯克鲁奇耳边讲这些话，但在他朝床上望过去时，却分明听到了。他想，假如这会儿能够让这个人站起来的话，他最先想到的会是什么呢？贪得无厌、做生意时斤斤计较、处心积虑地盘剥他人？一点儿不错，这些东西使他最后多有钱啊！

他躺在黑暗的空房子里，没有一个人，无论是男是女，是老是少，会说他在这件事或者那件事上对我很好，回想起他对我说过的一句好心话，我也要好好对待他。一只猫在门上抓挠，在壁炉底部石板底下传来老鼠咬啮的声音。它们想要在这个停放死尸的房间里得到什么，它们为什么这样躁动不安，斯克鲁奇连想都不敢去想。

"精灵啊！"他说，"这地方太可怕了。相信我，我在离开这个房间之后，也决不会忘记它给我的教训的。我们走吧！"

精灵的手指仍然一动不动地指着那个脑袋。

"我明白您的意思，"斯克鲁奇回答说，"要是我做得到的话，我是会照办的。可我没有力气啊，精灵。我没有这种力气。"

它似乎又在盯着他看。

"假如城里有什么人，会对这个人的死在情感上有所触动的话，"斯克鲁奇极为痛苦地说，"请带我去看看吧，精灵啊，我求求您了！"

幻影把它的黑袍子在他面前张开了一会儿，好像翅膀似的；然后把它收拢，露出了一个日光下的房间，里面有母亲和几个孩子。

母亲正在等什么人，她的心情很急切；她在房间里走来走去；一听到什么声音就是一惊；她又站到窗口朝外张望；还时时看钟；她想要做些针线活儿，可总定不下神来；

小孩儿玩耍吵吵闹闹的声音也几乎使她听不下去。

她终于听到了期望已久的敲门声。她匆匆赶过去，为丈夫开门；她丈夫虽然年轻，但脸上却常常愁云密布，显得很是忧郁。但这会儿他却带着一种奇怪的表情；这是一种严肃的愉快之情，他对此颇有些不好意思，因此努力加以掩饰。

饭早就替他在炉火边热好了。他坐下来吃饭。有很长一段时间没人作声，后来她终于轻轻问他可有什么消息。他显得很窘，不知如何回答是好。

"是好消息呢，还是坏消息？"她说，以此来启发他。

"坏消息。"他回答。

"我们一点儿法子都没有了吗？"

"不，还有希望，卡罗琳。"

"那就是说，假如他心肠软下来的话，"她惊异地说，"就有希望！只要能够发生这样的奇迹，总不会没有希望的。"

"他的心肠是不会软下来了，"她丈夫说，"他死了。"

从她的脸上看得出来，她心地温柔善良；但她心中却为听到这个消息而感谢上天，并且握紧双手说了出来。接着，她又十分懊悔，马上恳求上帝宽恕；但前面那个想法却是她内心真实的感受。

"在我求见他，请他再宽限一个星期时，昨天夜里我对你才提起过的那个喝得半醉的女人把这事跟我说了，我还以为这只不过是他避不见我的借口呢，想不到这竟然是真的。他那时候不仅得了病，而且已经快要死了。"

"那么我们欠他的账该还给谁呢？"

"我不知道。不过，到那时候，我们钱就凑齐了；即使凑不齐，我们总不至于那么倒霉吧，难道接手这笔债的债主还会像他一样刻薄无情吗？卡罗琳，我们今天夜里可以轻轻松松睡个安稳觉了。"

是的。虽然他们尽量使自己的态度缓和一些，他们的心情确实轻松多了。静悄悄地簇拥在大人周围的几个孩子，听着这些他们并不明白的事，脸上也露出了笑容。这个人的死给这家人带来了快乐！精灵让他看到，这一事件所激起的只是一种欢乐的反应。

"精灵啊，让我瞧瞧对死亡表现出来的哀怜之情吧，"斯克鲁奇说，"要不然，我们刚才离开的那个黑暗的房间，会永远浮现在我的眼前的。"

精灵带他越过了好几条他很熟悉的街道。一路上，斯克鲁奇四处张望，想要看到自己，但无论在哪儿都看不到。他们走进了可怜的鲍勃·克拉奇的家，也就是他上回来过的；看见母亲和几个孩子围坐在火炉边。

非常安静。没有一点儿声息。向来吵吵闹闹的两个小孩儿缩在角落里，像木头人一样安静。他们坐在那里望着彼得。彼得呢，面前摊开了一本书。母亲和另外两个女儿正在做针线。她们也默不作声。

"'他叫了个小孩子来站在他们中间。'①"

斯克鲁奇是在什么地方听过这句话的？并不是在梦中听到的。在他随着精灵跨过门槛的时候，那个男孩儿一定把它大声读了出来。他干吗不继续读下去呢？

母亲把针线活儿放在桌上，用手掩住了脸。

"这颜色刺得我眼睛疼。"她说。

这颜色？啊，可怜的小蒂姆！

"现在好一点儿了，"克拉奇的妻子说，"在烛光底下眼睛看不清楚；不过，等你们父亲回来，我是决不能让他看见我眼力不好的。他回家的时间快要到了。"

"应该说已经过了，"彼得回答说，把书合上了，"不过，妈妈，我觉得最近几天晚上，他走路的步子比平时慢了些。"

大家又不出声了。最后，她开口说话了，口气坚定而快乐，只是结巴了一回。

"我知道，他把——把小蒂姆背在肩上走路时，是走得很快的。"

① 出自《圣经·新约·马太福音》第18章，在门徒问耶稣在天国里谁地位最高时，耶稣便叫了个小孩子来，说谁能像小孩子一样谦卑，谁在天国里地位就最高。

"我也知道，"彼得大声说，"他常常这样。"

"我也知道。"另一个人大声说。大家也都异口同声地附和。

"不过，他人很轻，背起来不吃力，"她又说，一边认真做着针线活儿，"他爸爸又是那么喜欢他，所以根本不费事：根本不费事。你们的爸爸到家了！"

她赶到门口去迎接他；围着长围巾——可怜的人，他确实需要这东西①——的鲍勃走了进来。茶已经给他斟好了，放在壁炉搁架上；人人都争着要向他献殷勤。接着，一男一女两个小孩儿爬上他的膝头，各自把小脸蛋贴在他脸上，仿佛是说："爸爸，别老去想那件事，别再伤心了！"

鲍勃开心地和他们玩儿，快快活活地同全家人说着话。他瞧着桌上的针线活儿，称赞克拉奇太太和两个女儿真是勤奋，活计做得快。他说，不用到星期天，活儿早就做好了。

"星期天！那么，你今天去过了，罗伯特？"他妻子问。

"是啊，亲爱的，"鲍勃回答说，"真可惜你没有去。看到那地方有多绿，那会对你有好处的。不过，你会常常看到的。我对他说了，我每个星期天都会去看他。我的孩子！"鲍勃哭了起来，"我的孩子呀！"

他突然失声痛哭。他再也控制不住自己了。正因为他和他的孩子心灵上的距离如此亲近，他自然忍不住了。

他走出房门，走到楼上的房间里，那个房间里灯火通明，还挂着圣诞节的饰物。在那个孩子身边有一张椅子，上面的痕迹说明不久前还有人坐过。可怜的鲍勃在椅子上坐下来，他思考了一会儿，冷静了下来，他吻吻那张小脸蛋。他想通了，事情已经发生，再难过也没

有用了，于是快快活活地走下楼去。

他们围坐在火炉旁边说着话；两个大女儿和母亲还在干活儿。鲍勃对大家谈起了斯克鲁奇先生的外甥，说那个人实在是很好，他从前只见过他一次。那天那位先生在街上遇见他，看到他显得有点儿——"嗯，只是有点儿闷闷不乐，"鲍勃说——他便问他为了什么事情苦恼。"听了他这话，"鲍勃说，"我便把事情告诉了他，像他这样和蔼可亲的人真是从来没有听说过。他说，'克拉奇先生，我真的为您觉得难过，而且真的为您那位好太太觉得难过。'顺便说一句，我不知道，他怎么就知道了呢。"

"什么事情，亲爱的？"

"咦，你是位好太太呀。"鲍勃回答说。

"这一点人人都知道呀。"彼得说。

"说得好，孩子！"鲍勃大声说，"我希望大家都知道。那位先生说，'真的为您那位好太太觉得难过。要是有什么事情需要我帮忙，'他边说边把名片给了我，'请来找我，这是

---

① 长围巾在英语中叫 comforter，这个词又有"安慰者"之意。

我的住址。’使人欢欣鼓舞的，”鲍勃大声说，“倒不是因为他有可能帮我们什么忙，而是他的一片好心。使人觉得他对我们充满了同情，仿佛他认识我们的小蒂姆似的。”

“我看他肯定是个好人！”克拉奇太太说。

“亲爱的，要是你见过他，跟他说过话，”鲍勃回答说，“你肯定会有这种感觉的。——好好听我这句话——依我看，他是肯帮助彼得谋个好差使的。”

“听见了吧，彼得？”克拉奇太太说。

“到那时候，”一个女儿说，“彼得就会谈个朋友，成家立业了。”

“去你的！”彼得咧嘴笑着反击。

“将来哪一天，”鲍勃说，“这是很有可能的；亲爱的，尽管这还要过很长一段时间。不过，无论我们在什么时候以什么方式分手，我相信我们大家都不会忘记小蒂姆，不会忘记发生在我们中间的第一次生离死别的，对吗？”

“决不会，爸爸！”大家嚷道。

“我还知道，”鲍勃说，“亲爱的，我还知道，在我们回忆起他尽管人很小，但脾气却多温和多有耐性的时候，我们彼此之间就不会轻易吵嘴，不会吵得忘记了小蒂姆了。”

“不，决不会，爸爸！”大家又嚷道。

“我很高兴，”鲍勃说，“我很高兴！”

克拉奇太太吻了吻他；两个大女儿也吻了他；一男一女两个小孩儿也吻了他；彼得和他握了手。小蒂姆的精灵呀，你的一片童真来自上帝啊！

“精灵啊，”斯克鲁奇说，“有个声音告诉我，我们分手的时刻快要到来了。我知道这一点，但是我不知道怎样分手。告诉我，我们先前看到的躺在那儿的死人是谁。”

“未来的圣诞节精灵”像先前一样——不过斯克鲁奇觉得是在不同的时间：真的，仿佛这些新近出现的场景并没有按照先后顺序，但它们都发生在“未来”——把他带到商人聚集的地方，不过没让他看见自己。事实上，精灵根本没有停住脚步，而是一直向前，仿佛要抵达方才他要去的地方，斯克鲁奇只好恳求它稍微停一停。

“我的办公室，”斯克鲁奇说，“就在我们现在匆匆忙忙穿过的院子里，它在那里有很长时间了。我看见那幢房子了。让我瞧瞧，在未来的日子里我会变成什么样子。”

精灵停了下来，但手却指着别处。

“屋子在那边，”斯克鲁奇叫道，“您干吗往别处指呀？”

精灵无动于衷，手指还是那样指着。

斯克鲁奇赶紧跑到自己办公室窗户前，往里面张望。办公室还在那里，不过已经不是他的了。家具已经换了，坐在椅子上的人并不是他。幻影仍然指着原先那个方向。

他立刻往那个方向赶去，心里一边不住地寻思干吗要这样，这又是要到哪里去，最后，他们来到了一扇铁门前。他停住脚步，进门之前先回头望了望。

这是个教堂墓地。那么，那个可怜人就是埋葬在这里的黄土之下了，这个人的名字他马上就会知道了。这可真是个好地方啊。四周被房子围着；地上到处疯长着青草和杂草，与其说是生机盎然，不如说是一片肃杀；埋了太多的死人，一点儿空地都没有；胃口再大，也给塞

得满而又满了。真是个好地方啊！

精灵站在坟墓中间，往下指着其中的一个。斯克鲁奇浑身发抖，朝前走去。幻影还是跟先前一模一样，但是他却担心在它严肃的身影中看出什么新的含义。

"在我走到您指的那块墓碑之

前，"斯克鲁奇说，"请回答我一个问题。这些影像究竟指的是将会发生的事情呢，还只是有可能发生的事？"

精灵仍然朝下指着他身旁的那个墓穴。

"人生的道路会预示某种下场，要是坚持走下去，结局就一定会如此，"斯克鲁奇说，"可是，假如这个人改弦易辙，那么，结局也是会改变的。告诉我，您让我看的东西也是这个道理吧！"

精灵还是像先前那样一动不动。

斯克鲁奇朝坟墓蹑手蹑脚地走去，边走边发抖；他依照精灵指的方向，在那个无人照看的墓碑上看到了自己的名字：埃比尼泽·斯克鲁奇。

"躺在那张灵床上的人难道就是我吗？"他跪下身来叫道。

那个手指先指指坟墓，再指指他，接着又指指他，再指指坟墓。

"不，精灵呀！哦，不，不要！"

那个手指还是那样指着。

"精灵啊！"他紧紧抓住它的袍子，叫道，"听我说句话！我已经不再是从前的那个我了。要不是这次遇见了你们，我准会成为那样的人的，但我不会那样了。假使我已经不可救药了，您干吗还要让我看这个呢？"

那只手第一次仿佛抖了一抖。

"好精灵啊，"他继续说，仍然跪在它的面前，"您本性仁慈，是会为我求情，可怜我的。告诉我，我只要痛改前非，是可以改变您让我看的那些影像的，是吗？"

那只仁慈的手颤抖了。

"我会从心底里敬重圣诞节，并且一年到头像过节那样生活。我每时每刻都不会忘记'过去''现在'和'未

来'。这三位精灵都会在我的内心对我痛加鞭策。我不会拒不听取它们对我的教诲。啊，告诉我，我是可以把这块墓碑上的名字擦掉的！"

他在痛苦之中抓住精灵的手。精灵极力想要挣开，但他死命恳求，用力抓住不放。精灵劲儿更大，最后还是把他推开了。

他高举双手作最后的祈祷，乞求能让自己的命运得到完全的改变。这时，他看见精灵的风帽和衣服发生了变化。它越缩越小，塌了下去，最后变成了一根床柱子。

第五节
结　尾

　　不错！床柱子是他自己的。床是他自己的，房间是他自己的。所有一切之中，最美妙最幸福的是，未来的时间是他自己的，他可以用来痛改前非！

　　"我每时每刻都不会忘记'过去''现在'和'未来'！"斯克鲁奇一边从床上爬起来，一边重复说，"这三位精灵都会在我的内心对我痛加鞭策。啊。雅可布·马利呀！为了这一点，赞美上天和圣诞节吧！我是跪在地上说这话的，老雅可布，跪在地上呀！"

　　他一心想要改过自新，心里非常激动，说起话来结结巴巴的，几乎无法表达自己的感情。他先前和精灵争执时痛哭流涕，弄得满脸是泪。

　　"帐子并没有被人扯下来，"斯克鲁奇把帐子的一边折起拢在怀里，说道，"没有被人扯下来，铜圈什么也好好的。都在这儿——我也在这儿——那些原本会发生的事情的影像是可以驱除的。会把它们驱除的。我知道会！"

　　在说这话的时候，他的手自始至终忙着摆弄自己的衣服；一会儿把衣服里子翻出来，一会儿把衣服颠倒过来穿，一会儿撕扯，一会儿随手乱放，把它们折腾得不成样子。

　　"我不知道怎么办才好！"斯克鲁奇嚷道，他又是哭又是笑，把长筒袜子绕在身上，弄得自己活像个拉奥孔①。"我轻得像羽毛，快乐得像天使，开心得像小学生。我头晕目眩，像是喝醉了酒。祝大家圣诞快乐！祝世上人人新年愉快！

---

　　① 拉奥孔是希腊神话中的特洛伊的祭司，在特洛伊战争中，他和两个儿子被神派来的大蛇缠绕而死，十六世纪初出土的群像即以此为题材，为最出色的古希腊雕塑之一。

啊哈！嘿嘿！哈哈！"

他蹦蹦跳跳地走进客厅，上气不接下气地站在那里。

"盛粥的平底锅在那儿！"斯克鲁奇大声说道，又走动起来，围着壁炉转来转去，"雅可布·马利的鬼魂就是从那扇门进来的！'现在的圣诞节的精灵'就坐在那个角落里！就是从这扇窗户望出去，我看见许多精灵在游荡！所有一切都没错，一切都是真的，一切都确有其事。哈哈哈！"

说真的，对一个多年以来从未开怀笑过的人来说，这真是一阵无比精彩、无比畅快的大笑。这样笑过之后，还会连续不断地诞生出一长串灿烂的笑声来。

"我不知道今天是这个月的几号，"斯克鲁奇说，"我不知道我和精灵待了有多久。我什么都不知道，我简直是个小娃娃。不要紧。我不在乎。我宁愿做个小娃娃。啊哈！嘿嘿！哈哈！"

他快活得手舞足蹈，正在得意忘形时，教堂的钟声打断了他。这样美妙动听的钟声他还从来没有听见过。锤子咚咚地敲；钟叮当叮当地响！钟叮当叮当地响；锤子咚咚地敲！啊，多么壮美，多么辉煌！

他跑到窗前，打开窗子，探出头去。没有雾，没有烟尘；晴朗、明亮、欢快、激动人心、冷；冷，冷得人热血奔腾；金色的阳光；圣洁的天空；清新甘冽的空气；快乐的钟声。啊，多么壮美，多么辉煌！

"今天是什么日子啊？"斯克鲁奇大声问楼下一个身穿节日盛装的孩子，他也许是闲逛进来玩儿的。

"嗯？"那个孩子大为诧异地回答说。

"好孩子，今天是什么日子啊？"斯克鲁奇又问。

"今天吗！"那个孩子说，"嘿，今天是圣诞节呀！"

"是圣诞节！"斯克鲁奇自言自语说，"我没有错过圣诞节。那几个精灵在一夜之间就把所有的事情做好了。它们是可以随心所欲的呀。它们当然可以。它们当然可以。喂，好孩子！"

"你好啊！"孩子回答。

"再隔一条街的街角，有个卖鸡鸭的，你认不认识？"斯克鲁奇问。

"我应该是认识的。"孩子回答。

"这孩子真聪明！"斯克鲁奇说，"这孩子真棒！你知不知道，挂在店里的特级火鸡卖了没有？——不是那只小的特级火鸡，是那只特大的。"

"什么！个头赶得上我这么大的那一只？"孩子问。

"这孩子真讨人喜欢！"斯克鲁奇说，"跟他说话一说便通。是啊，小伙子！"

"还挂在那儿呢。"孩子回答。

"真的吗？"斯克鲁奇说，"去把它买下来。"

"去你的！"孩子大声叫道。

"哎，哎，"斯克鲁奇说，"我不是开玩笑。去把它买下来，叫店家把货送上门，我再告诉他们往哪里送。你跟送货的一起回来，我要给你一个先令。要是你能在五分钟之

内和他一起回来，我要奖你半个克朗！"

　　小孩儿像子弹出膛那样飞也似的跑走了。子弹要赶得上像他跑的一半快，开枪的那个人的手还不能抖动才行。

　　"我要把火鸡送到鲍勃·克拉奇家去，"斯克鲁奇低声说，一边搓着双手，笑得前仰后合，"不让他知道是谁送的。它抵得上两个小蒂姆那么

大呢。把这只火鸡送到鲍勃家去，乔·米勒①也从来没有开过这样的玩笑呀！"

　　他写地址的笔迹歪歪扭扭的；不过无论如何，他还是写好了。他

————————————————
① 乔·米勒是英国的喜剧演员，死后以他的名字出版《乔·米勒笑话集》。

下楼打开大门，好让卖鸡鸭的人进来。他站在那里等候时，一眼看到了门上的门环。

"只要我活着，我都会爱这个门环的！"斯克鲁奇用手拍拍门环，大声说道，"我以前几乎没有正眼瞧过它。它脸上的表情多诚实呀！这真是个妙不可言的门环！——哦，火鸡来了。啊哈！嘿！你好啊！圣诞快乐！"

这可真正算得上是只火鸡啊！那两条腿根本支撑不住它的身体。它一下子就会把两条腿折断，就像是两根火漆条似的。

"啊哟，这可没法送到坎顿镇去呀，"斯克鲁奇说，"你得坐马车去。"

他说这话时咯咯地笑着，在付火鸡钱时咯咯笑着，在付钱叫马车时咯咯笑着，在给小孩儿钱时咯咯笑着，等他在椅子上坐下来时，更是咯咯地笑得越发厉害了。他上气不接下气，弄得满脸都是泪水。

刮胡子可不是件简单的事情，因为他的手不住地发抖；就算你不手舞足蹈，刮胡子也还是需要全神贯注的。不过，就算他把鼻子尖削掉一块儿，他也会贴上一块橡皮膏，而且感到十分满意的。

他全身穿上最好的衣服，终于出门来到街上。这时候，人们纷纷涌上街头，就像他和"现在的圣诞节精灵"在一起时看到的那样；斯克鲁奇双手反剪在身后走着，笑眯眯地望着每一个人。他一脸快乐的表情实在魅力无穷。总而言之，有三四个好脾气的人对他说："早上好，先生！祝您圣诞快乐！"后来斯克鲁奇常常说，在他听到过的所有的快乐的话里，这两句话是最令人快乐的。

他没有走多远，就看见一位大块头绅士迎面走来，就是昨天到他办公室里，问"这里是斯克鲁奇和马利商行

吧？"的那个人。一想到这位老先生在遇见他时会怎样看待他，他心里不觉一阵剧痛；不过，他已经认清了他面前那条笔直的路，他决心要走上去。

"亲爱的先生，"斯克鲁奇说，他加快脚步，双手拉住了那位老绅士，"您好啊！我希望您昨天很有收获吧。您真好。祝您圣诞快乐，先生！"

"是斯克鲁奇先生吧？"

"是啊，"斯克鲁奇说，"我姓斯克鲁奇，恐怕您不大喜欢听见这个名字吧。请接受我的道歉。您愿意不愿意……"说到这里斯克鲁奇把嘴凑到对方的耳朵上。

"上帝保佑！"那位先生嚷道，仿佛气都要透不过来了，"亲爱的斯克鲁奇先生，您这话可当真？"

"您老费心了，"斯克鲁奇说，"一个子儿也不少。请放心，其中一大笔钱算是补上以前的欠账。能不能劳驾您帮我这个忙？"

"我亲爱的先生，"那位先生握着他的手说，"我真不知道说什么好了，您真是太慷……"

"请别说了，"斯克鲁奇打断了他，"来看我。请您常来看我，好吗？"

"那当然！"老绅士大声说。他说这话显然是算数的。

"多谢多谢，"斯克鲁奇说，"我对您真是感激不尽。再怎么谢您也不够。上帝保佑您老！"

他去了教堂，又在街上逛逛，看着人们匆忙地走来走去，他拍拍小孩子的脑袋，向乞丐问长问短，低头看看人家的厨房，抬头看看人家的窗户；发觉这一切都给他带来欢乐。他以前做梦也没有想到出门闲逛——或者任何事情——会使他这样快乐。下午他转身朝他外甥家走去。

他在外甥家门口来来回回走了十几趟，老是没有勇气上前去敲门。最后他猛然跨上一步，终于敲了门。

"亲爱的，你东家在家吗？"他问女佣。这女孩子人不错呀！真是挺好的。

"先生，他在家。"

"他在哪儿呀，亲爱的？"斯克鲁奇说。

"他和太太一起在饭厅里，先生。请您跟我上楼，好吗？"

"多谢。他是认识我的，"斯克鲁奇说，他的手已经摸到饭厅门的把手上，"亲爱的，我这就进去了。"

他轻轻地转动门把手，侧着脸儿从门里望进去。大家都望着桌子（上面摆满了饭菜）；因为这些年轻的主妇在这种事情上都特别讲究，就怕有什么东西没有安排好。

"弗雷德！"斯克鲁奇说。

老天啊，他的外甥媳妇真是吓了一大跳！那一刻斯克鲁奇怎么就把坐在屋角，脚搁在搁脚凳上的外甥媳妇给忘了呢，要不他是绝不会这么鲁莽的。

"哎哟，天哪！"弗雷德嚷道，"这是谁呀？"

"是我，你舅舅斯克鲁奇。我来吃饭啦。你让我进来吗，弗雷德？"

让不让他进来，那还用说！外甥握住他的手使劲摇，老天有眼，那只手总算没有脱臼。不到五分钟工夫，斯克鲁奇就觉得十分自在了。从来没有这样热烈友好的时刻了。他外甥媳妇显得同样快活。托珀来了，也显得同样快活。胖妹妹来了，也显得同样快活。来的每一个人都显得同样快活。聚会妙不可言，游戏有趣极了，大家亲密无间，真是天上人间啊！

不过，第二天他一大早就去了办公室。啊，他去得真是很早！要是他能够先到那儿，眼看鲍勃·克拉奇迟到，那该多么有趣啊！他一心想做的就是这件事。

他确实这样做了；对，确实如此！钟敲九点了。鲍勃没来。又过了一刻钟。鲍勃还是没来。他整整迟到了十八分钟半。斯克鲁奇坐在那儿，房门开得直直的，这样鲍勃一走进他那个"柜子"就会被他看见。

鲍勃开门之前先脱下帽子，还拿下了围巾。一眨眼工夫，他就坐到了他那张凳子上；拿起笔飞快地写着，仿佛要把迟到的时间补回来似的。

"喂！"斯克鲁奇尽量装出平时

的口气，凶巴巴地说，"你今天到这个时候才来，算是什么意思啊？"

"先生，真是对不起，"鲍勃说，"我迟到了。"

"你迟到了！"斯克鲁奇说，"不错。我看你是迟到了。先生，能不能请你到这边来。"

"先生，一年就这么一次，"鲍勃恳求说，他从"柜子"里走了出来，"下次再也不会了。我昨天晚上玩得过头了，先生。"

"现在，朋友，你听我说，"斯克鲁奇说，"我再也不容许有这样的事情了。所以，"他继续说，一边从凳子上跳起身，朝鲍勃的背心上一捣，弄得他踉踉跄跄往后又退到他那个"柜子"里，"所以呢，我准备给你涨工资！"

鲍勃全身发抖，他往放尺的地方挪近了点。刹那间，他心里掠过个念头，就是用尺把斯克鲁奇打倒，抓住他，再叫院子里来人帮忙给他套上紧身衣①。

"鲍勃，祝你圣诞快乐啊！"斯克鲁奇拍拍他的背说，他那番真诚确实不会令人误解，"鲍勃，好伙计，多年以来，我一直没有好好向你贺节，祝你今年圣诞节过得快乐！我要给你涨工资，你家里日子过得比较艰难，我要努力帮助你，鲍勃，今天下午我们一边喝热气腾腾的果子酒，一边好好谈一下这件事！鲍勃·克拉奇，现在别做其他事情，先把火烧旺，再去买一筐煤来！"

斯克鲁奇做得比他说的还要好。他非但实践了诺言，而且做得还更多；小蒂姆没有死，他如今把他看成自己的儿子一样。他成为这个古老的城市里人人认识的好朋友，好东家，好人，像他这样的人在这个古老的世界上的其他古老的城市、乡镇或者自治市镇里都不多见。有些人看到他完全变了个人，觉得很好笑，但他随别人去笑，对他们不大理会；因为他心中有数，在这个世界上，每当有什么事情，一开头总会有人捧腹大笑；他知道他们这样做反正也没有经过认真思考，他把他们眯起眼睛龇牙咧嘴地笑的模样，看成就像犯了某种不登大雅之堂的毛病一样。他自己的内心在欢笑；这一点对他来说就足够了。

他后来再也没有看见精灵，而是按照"完全戒酒的原则"生活；大家都说，世上没有哪个人比他更加懂得如何过好圣诞节了。但愿别人在谈起我们，谈起我们大家时也能这样！就像小蒂姆所说的，愿上帝保佑我们每个人！

---

① 紧身衣是用来约束疯子的行动的。

图书在版编目(CIP)数据

圣诞颂歌/(英)查尔斯·狄更斯著;刘凯芳译.—北京:人民文学出版社,2016
(狄更斯的圣诞故事)
ISBN 978-7-02-012094-9

Ⅰ.①圣… Ⅱ.①查… ②刘… Ⅲ.①中篇小说—英国—近代 Ⅳ.①I561.44

中国版本图书馆CIP数据核字(2016)第244723号

责任编辑　陈　黎　翟　灿　张海香　马　博
装帧设计　陶　雷
责任印制　史　帅

出版发行	人民文学出版社	开　本	880毫米×1230毫米　1/16
社　　址	北京市朝内大街166号	印　张	4.75
邮政编码	100705	印　数	1—4000
网　　址	http://www.rw-cn.com	版　次	2016年12月北京第1版
印　　刷	北京千鹤印刷有限公司	印　次	2016年12月第1次印刷
经　　销	全国新华书店等	书　号	978-7-02-012094-9
字　　数	75千字	定　价	55.00元

如有印装质量问题,请与本社图书销售中心调换。电话:010-65233595